contos de fantasia, ficção científica e terror

# imaginários

volume

**2**



Organizado por **Tibor Moricz**
**Saint-Clair Stockler**
**Eric Novello**

**1ª edição**

Editora Draco

São Paulo
2009

*Edição:* Erick Santos Cardoso
*Produção editorial:* Janaina Chervezan
*Consultoria e leitura crítica:* Antonio Luiz M. C. da Costa
*Revisão:* Andréia Szcypula e Karlo Gabriel
*Organização:* Tibor Moricz, Saint-Clair Stockler e Eric Novello

Dados Internacionais de Catalogação na Publicação (CIP)
(Câmara Brasileira do Livro, SP, Brasil)

---

Imaginários : contos de fantasia, ficção
científica : volume 2 / organizado por Tibor
Moricz, Saint-Clair Stockler, Eric Novello. –
São Paulo : Editora Draco, 2009.

Vários autores.
ISBN 978-85-62942-01-3

1. Contos brasileiros I. Moricz, Tibor.
II. Stockler, Saint-Clair. III. Novello, Eric.

09-09645 CDD-869.93

---

Índices para catálogo sistemático:
1. Contos : Literatura brasileira 869.93

1ª edição, 2009

**Editora Draco**
R. César Beccaria, 27 - casa 1
Jd. da Glória - São Paulo - SP
CEP 01547-060
editoradraco@gmail.com
www.editoradraco.com
www.facebook.com/editoradraco
Twitter e Instagram: @editoradraco

# Sumário

# Se acordar antes de morrer... **João Barreiros**

## 1

Nada pode estar mais disfuncional no momento em que o Funcionário desperta. Sensores passivos detectam flutuações drásticas na temperatura ambiente. Os filtros ambientais não conseguem eliminar um vago odor a plástico quente e a borracha queimada. O ar está saturado de micro-partículas em suspensão, partículas cuja estrutura se aproxima da pele humana calcinada para quem se queira dar ao trabalho de analisá-las. LEDs colados à base do cryo-cilindro indicam graves suspeitas de quebras de espectro múltiplo em todos os sistemas de apoio. Parte das luzes de câmara onde repousa o corpo do ExCo não se acenderam. Outras piscam, tristonhas, sem vontade nenhuma de iluminar. As macro-baterias de lítio, colocadas ao longo da coluna vertebral do esqueleto jacente só foram parcialmente recarregadas. Faltam dados essenciais no *download* da consciência. Ao que parece o *wetware* de proteína activou-se dias antes, sozinho, sem que lhe fossem dadas ordens para isso e começou de imediato a falhar por hipoxia. Agora, resquícios de programas projectam ordens fantasmas sobre o *hardware* que se recusa a obedecer-lhes ou porque são incompatíveis, contraditórias, ou pura e simplesmente absurdas.

Mesmo assim, as ordens de serviço há muito programadas pelos gestores do CC não deixam o Funcionário voltar a adormecer. O relógio interno diz-lhe que são horas. E porque são horas, a bomba cardíaca esforça-se por oxigenar o *wetware* moribundo que faz às vezes de sistema nervoso paralelo. Contrafeita, a tampa do cilindro onde o Funcionário jaz, roda para o lado, geme, estala e imobiliza-se a meio do processo. O corpo estremece no meio do gel conservante que não chegou a escoar-se na totalidade. A verdade é que as sondas e cabos que ligavam o corpo ao cilindro, deviam ter-se soltado e ido recolher-se nos respectivos favos. Infelizmente nem todas o fizeram. O Funcionário vê-se forçado a arrancá-las uma a uma, a cravar os dedos acolchoados sobre a curvatura da tampa translúcida e, à força dos circuitos mio-eléctricos nas articulações dos braços, obrigá-la a rodar completamente para o lado.

Vezes sem conta, enquanto procura libertar-se do cilindro onde permaneceu guardado e inactivo durante tantos meses, o Funcionário tenta enviar mensagens por *wifi* ao processador central do CC, mas estas vêem-lhe devolvidas com anexos virais, indicações de erros, ou apenas uma informação de que tudo está *off-line*, por favor aguarde e ligue-se mais tarde.

Ligar-se mais tarde é coisa que o ExCo não pode fazer pois já se encontra parcialmente activado, se bem que trôpego, confuso e parcialmente idiota. Mesmo assim sabe que existem *back-ups* de emergência num dos armários da câmara, e é nessa direcção que ele arrasta os pés metálicos a raspar sobre a superfície aderente do solo, mãos estendidas em frente, como um sonâmbulo atacado de senilidade. As portinholas de acesso abrem-se ao toque dos dedos. Cabos conectores tombam do interior, semi-erecteis e colam-se-lhe às fichas do peito. Informações, ordens, protocolos florescem-lhe aos poucos numa consciência turva que mal consegue processá-los. Afinal são ordens do ano anterior, provavelmente já desactualizadas ou redundantes, mas que pode um Funcionário fazer quando as do presente ano se encontram totalmente corrompidas? Mais reconfortado, o ExCo afasta-se da parede, solta-se das fichas, inicia uma auto-análise dos próprios sistemas, descobre que tem a autonomia diminuída em 30% devido às baterias ainda por recarregar, o que implica uma diminuição drástica do périplo de distribuição de consumíveis. Também percebeu que agora é Natal e não Páscoa, que deve esquecer o armário onde está guardado o fato de coelho gigante para optar pela forma roliça, vermelha e barbuda de um Santa Claus pós Coca-Cola.

A porta da câmara abre-se à terceira tentativa, após uma troca de insultos entre os dois sistemas operativos e o ExCo passa à sala seguinte, a sala das roupas garridas que lhe cobrirão o esqueleto de titânio. Ali está a forma imensa e felpuda de um coelho esvaziado. As cores fulminantes do Rei Momo. O embrulho escamoso do Dragão Flutten, adereço já esquecido para a promoção de um qualquer filme infanto-juvenil. E mais ao fundo a estrutura insuflável de um Pai Natal, encostada de frente contra o interior da cabina, com as costas rasgadas de cima a baixo. É nessa direcção que o Funcionário se dirige, até conseguir enfiar os pés nas botas de couro, os braços nas mangas insufláveis, a cabeça na máscara rosada, barbuda e sorridente de um velhinho lúbrico. E o fato, ao detectar um ocupante, incha de ar, cerra os selos das costas, activa os músculos do rosto que a partir daí passarão a obedecer aos impulsos das placas sensitivas do crânio do Funcionário e é como se tivesse acontecido uma pequena epifania, um esqueleto metálico a transformar-se num ser humano, pelo menos durante algumas horas.

O Funcionário roda sobre si mesmo neste espaço confinado, afaga a farta barba branca, ajusta o simulacro de óculos colados às orelhas e à ponta do nariz, apalpa a vastidão do estômago que um imenso cinto de couro não chega a debelar, e diz em voz grossa, para confirmar a operacionalidade dos circuitos fonadores: "Oh!Oh! Feliz Natal!".

E passa à sala seguinte.

Aqui o saco das vitualhas encontra-se aberto junto a uma calha que entupiu a meio do processo de descarga. O saco está apenas cheio por metade de brinquedos promocionais, bijutaria pizo-eléctrica, *smartphones* de vitalidade limitada, panfletos e amostras de cremes erogénicos, vibradores anais, ampolas vitamínicas e uma pletora de comprimidos desde Viagra para sete minutos a regeneradores dérmicos de funcionalidade duvidosa. Apenas amostras e simulações dos verdadeiros produtos a serem vendidos nas lojas do CC de que o Funcionário faz parte. O saco está mais leve do que deveria estar, mas a verdade é que o ExCo não tem autonomia para mais. O mapa do périplo exterior já fez o *download*, com as zonas excluídas traçadas a vermelho. Um cronómetro já conta, em contagem decrescente, o tempo que falta até a carga das baterias entregar a alma ao criador.

"OH!OH!", clama o Funcionário numa alegria idiota, depois de selar o saco e o colocar às costas, a percorrer o corredor de acesso que o levará ao átrio do CC. "Feliz Natal, pequenada!".

E num frufru de roupas vermelhas a rasparem nas paredes, aproxima-se da porta final, força com os dedos enluvados as dobradiças renitentes, processa mais um pedido de informações à IA do CC que continua sem lhe dar resposta alguma, esgueira-se pela frincha que conseguiu abrir, a barriga insuflável amolga-se contra a ombreira da porta, e por fim lá está ele, ao cabo de alguns minutos esforçados, em plena zona comercial, no meio de gritos, sangue, vísceras e morte.

# 2

A imensidão do átrio está saturada de poluentes atmosféricos. Pequeninos ciclones de fuligem rodopiam em torno das bocas dos ventiladores ainda funcionais. Fumarolas libertam-se dos cepos cortados das falsas árvores, como se alguém completamente imbecil tivesse querido fazer delas uma fogueira. Parte da cobertura transparente do tecto estilhaçou-se e agora o chão está cheio de pequenos cubos cristalinos que estalam como romãs sob os talões das botas do Funcionário. Nos poucos lugares não cobertos pelos fragmentos de vidro, o padrão festivo dos mosaicos encontra-se coberto por uma camada de visco castanha-escura, uma película escorregadia e pegajosa, decerto um perigo para a navegação dos utentes do CC, (principalmente idosos e criancinhas incautos) mas que não compete ao Funcionário analisar. Mesmo assim, por descargo de consciência, elabora um pequeno relatório e envia-o anexo à IA dos serviços de manutenção e higiene, que nem sequer se digna a acusar a recepção. O Funcionário encolhe os ombros, pois o problema afinal não é dele, outros servidores mais competentes que tratem do assunto, e decide avançar mais uns quantos passos pelo átrio, olhando em volta, em busca de uma saída que custa a encontrar agora que já não há nada ali que corresponda ao mapa mental a que estava habituado. Os programas dizem-lhe que deve seguir as linhas traçadas no chão, dizer "Oh!Oh!" de cinco em cinco minutos, afagar as cabeças das crianças que dele se aproximem e entregar uma barra de soja multivitaminada àquelas que por três vezes lhe pedirem "doce, doce, doce".

Mas esta é a primeira vez, para sua grande surpresa, que o CC permite que indigentes durmam às pilhas sobre os cacos do pavimento caramelizado. E mesmo que essa permissão lhes tivesse sido garantida pelo espírito de boa-vontade característico da época natalícia, porque diabo não se serviram eles dos bancos e sofás ali postos para quem queira descansar após um farto dia de compras natalícias? Os indigentes, novos, velhos e idosos, trazem vestidos fatos que em princípio não deveriam constar de alguém que há muito perdeu o crédito pecuniário. Estão estendidos por todo o lado, a maior parte das roupagens de Inverno encontra-se amarrotada ou manchada por fluidos não identificáveis, a alguns falta-lhes um braço, uma perna ou um pedaço do crânio. Bocadinhos de vísceras, como tubos moles e pisados espalham-se em redor. O Funcionário, que já foi atacado por um triunvirato de mastins Rotwailers em um circuito de distribuição de ofertas e publicidade, sabe como é incómodo e disfuncional perder um membro arrancado por mandíbulas vorazes. Como as peças de substituição custam caro às equipas de apoio do CC. Sem esquecer toda a problemática de intermináveis processos judiciais. O Funcionário consulta os protocolos de interação e descobre que não convém aproximar-se destas formas jacentes, não vão elas acusá-lo, e através dele processar a administração do CC, de tentativas de estropiação da clientela. Mesmo assim o trauma fisiológico não deve ser grande, ao ponto de se chamar as equipas do INEN, porque a maioria deles mexe-se ainda, devagarinho, com um braço onde faltam alguns dedos a acenar, maxilas decaídas e língua negra à mostra num sorriso pré-osculatório. “Gah...” diz um cavalheiro, a arrastar-se pelo chão, ao mesmo tempo mais próximo dele e mais afastado da pilha dos restantes clientes. Este tem a cavidade do ventre à mostra, e nesse buraco húmido tão desavergonhadamente posto ao ar, pulula toda uma colónia de vermes esbranquiçados. A mão estendida quase aflora a bota do Funcionário... “Gah”, diz o senhor de meia-idade num gemido quase incompreensível, deixando atrás de si um rasto de visco e outros fluidos orgânicos. “...mi...o..los”. Prudente, o Funcionário recua dois passos, tanto mais que as larvas de mosca são criaturas muito pouco higiénicas capazes de contaminar de um modo irreparável a pureza dos produtos que em breve terá por missão distribuir no bairro em volta. “OH! OH!” clama à guisa de resposta. “Feliz Natal, caro cliente! O CC saúda-o com amizade!” E afasta-se um pouco, sempre a olhar em volta para as montras quebradas, lojas vandalizadas, roupas, trapos e baboseiras espalhados por todo o lado, chão, balcões e vias de acesso, como se os eventuais clientes tivessem acabado por rejeitá-los numa fúria tão cáustica quanto destruidora. Mesmo assim, ainda se vêem alguns utentes no interior das lojas, alguns funcionários do outro lado dos balcões, de pé, nostálgicos e sonhadores, sempre a repetirem os mesmos gestos, a passarem um sem número de vezes o mesmo cartão de crédito pelos *scanners*, enquanto os clientes tropeçam nos expositores, emaranham-se nas roupas pendentes dos cabides, apertam-se uns contras os outros no funda da loja, talvez em busca de uma saída que nunca mais conseguiram encontrar. Não cabe ao ExCo ajudá-los ou sequer informá-los sobre os procedimentos a ter num lugar público. A segurança interna do CC que o faça, que é para isso que a programaram. Mas segurança é coisa que parece não existir ali, a cúpula do tecto ruiu, as árvores artificiais foram arrancadas aos monoblocos que as sustentavam, há peixes mortos a flutuar no lago central, peixes de ventre inchado a quem já faltam pedaços das caudas, mas que mesmo assim continuam a mexer-se em círculos, de barrigas para o ar, bocas abertas coladas por sucção às guelras de outros peixes. Dois cilindros de limpeza arrastam-se através das zonas pegajosas do solo, tentando arrancar pastilhas elásticas espalmadas, restos do vidro do tecto, bocados semiliquefeitos de tecidos orgânicos para os quais o Funcionário não consegue encontrar nome. Mesmo assim ainda tenta comunicar com eles, via *wifi*, num franco diálogo de IA com IA, mas a verdade é que a consciência dos cilindros é muito limitada, os módulos não possuem memória do passado, não conseguem explicar-lhe o que se passou, apenas que as baterias de suporte estão quase gastas, que a geografia interna do CC se alterou de um modo quase radical e que já não conseguem encontrar o caminho de volta aos nichos de manutenção e recarga. Se pudesse suspirar o Funcionário suspiraria, mas a única coisa que os programas comportamentais lhe permitem fazer é abrir os braços e clamar:"Oh! Oh! Feliz Natal".

E ao dizer isto repara que a pilha colorida de pequeninos anoraks cromáticos, pilha essa que cobria quase por completo uma cadeira imperial colocada junto ao lago começa a se activar, que há pequeninas cabeças a virarem-se na sua direcção, cabecinhas *incompletas*, diga-se de passagem, pois a muitas faltam-lhes orelhas, narizes, pedaços da bochecha, ou outro olhito nas órbitas vazadas. São vinte crianças ali deixadas pelos progenitores, ao cuidado de um Pai Natal humano, enquanto as paternidades alegadamente esvaziam os proverbiais cartões de créditos nas lojas do CC. Do Pai Natal original pouco ou nada resta. Parte dissolveu-se em volta da cadeira numa polpa acastanhada, o fato vermelho foi rasgado por tímidas mãozinhas ansiosas de novos presentes, o ventre e partes baixas postos ao léu e depois, quiçá, levados para parte incerta.

Uma grisalha gélida começa a tombar da cratera aberta na cúpula do tecto. Gotas saturadas de cinza escorrem lá no alto e vão salpicar o interior do átrio, transformando o visco do solo num lodaçal escorregadio. Chove e faz frio como deve chover em um dezembro europeu, mas nada disso parece incomodar a horda de infantes que titubeia na sua direcção. O Funcionário enfia a mão no saco das amostras, do interior retira uma mão-cheia de barras de sésamo vitaminadas, e lança-as na direcção da criançada que as ignora por completo. A horda pisa as embalagens e segue em frente, de braços estendidos, a balir numa melopeia incompreensível: "Gah...mi...o...los...". O funcionário deixa-se ficar de pé, sem saber o que fazer. Em princípio as crianças costumam ignorar por completo um extensor comunicativo, porque mecanismos como estes são banais e desinteressantes. Só os adultos se divertem a atormentá-lo com perguntas demasiado complexas para uma criatura da sua natureza. Perguntas para as quais não costuma haver respostas, mas que ele é forçado a tentar responder, *noblesse oblige*: "Deus existe? És dotado de autoconsciência? Para onde vais quando te desligam?".

A primeira das criancinhas a chegar junto dele, uma menina loira de seis anos de idade, maxila às três pancadas e couro cabeludo ratado pela intrusão de um qualquer instrumento cortante, agarra-se-lhe à perna esquerda e finca-lhe bem fundo os dentinhos de leite na junta do joelho. O Funcionário procura afastá-la com doces tapadinhas na cabeça, uma série de "Ohs! Ohs!" num tom de voz mais elevado, quem sabe se mais ríspido, mas é como se nada fosse, a miúda não se deixa intimidar, e morde, morde, morde. Assim como procuram morder todos os outros meninos que entretanto se aproximaram. Um minuto depois o Funcionário está coberto de crianças tão famintas quanto disfuncionais. Neste comportamento não consegue identificar se sofrem todas de paralisia cerebral ou síndroma de Down. Ou se houve alguém que extraviou uma excursão inteira de miúdos com tendências sociopatas. A verdade é que nenhuma delas quer saber do Pai Natal. O que querem é morder-lhe as pernas, os braços, rasgar à dentada o ventre insuflado em busca de secretas vitualhas. Infelizmente o Funcionário é todo ele mecânico, sob a borracha vermelha do fato natalício, existe apenas uma liga de titânio. O Funcionário avança alguns passos sem conseguir ver onde põe os pés, o radar não o ajuda, a visão IV não detecta o menor foco térmico, é como se todas as criancinhas que o assediam estivessem mortas, com os corpos à temperatura ambiente (que é baixa, nesta época natalícia). Envolto num novelo de improbabilidade, o Funcionário avança, tropeça numa e noutra que se arrastam coladas às botas de pseudocouro, provavelmente esmaga uma ou duas mãozinhas mais afoitas, mas não se ouve um grito ou um sinal de protesto, é como se a horda agressora fosse toda ela insensível às agruras do mundo em volta. Existem programas implantados na memória residual do Funcionário, programas que só deveriam ser activados nas situações mais extremas de assédio infantil, como, por exemplo, o assalto de um bando multiétnico de infantes dos bairros periféricos, ansiosos por deitarem os deditos proletários às amostras de telefones celulares de-uma-só-utilização. É um desses menus que o extensor selecciona em primeiro lugar, um som de sirene para avisar as autoridades, logo seguido de uma pequena descarga electrostática ao longo das fibras implantadas no fato. Mas desta feita os meninos e meninas revelam-se indiferentes aos sons e às descargas, empurram-se uns aos outros como gatinhos em busca da teta maternal, e por fim, como se obedecessem a um sinal único, como se tivessem descoberto que no corpo do Funcionário nada havia de comestível, deixam de morder, de galgar, de dentar, recuam em conjunto até formarem um largo círculo expectante, e aí se deixam ficar de olhos vítreos, boquinhas tumefactas a ciciar, "mi...o...los...mi...o...los". Só a primeira menina permanece ainda de dentes fincados na perneira vermelha do uniforme. Prudente, não vá o CC ser processado por uma alegada agressão, o Funcionário poisa o saco das vitualhas, inclina-se em frente e a afasta da perna à força dos mio-circuitos de titânio dos braços. A criança descola-se da perna com um ruído mole de sucção, mas presa às calças ficou ainda parte da maxila inferior, separada do restante crânio. E como esta estrutura anatómica não faz parte dos circuitos cognitivos do Funcionário, que nunca viu maxilas humanas em estado solitário, limita-se a arquivar a imagem num ficheiro jpeg para inspecção futura, endireita-se, declama, "juízo, meninos, juízo", consulta o relógio, nota que se faz tarde, mesmo para um circuito de distribuição cortado em 40%, olha em volta em busca dos circuitos de acesso impressos no solo (invisíveis aos olhos humanos) e decide (pois que não há aqui ninguém disposto a pedir-lhe amostras, catálogos ou utilitários descartáveis) dirigir-se para o exterior do CC e iniciar a campanha pré-natalícia no bairro em volta. Infelizmente, parte do circuito impresso no solo está invisível, coberto pelo visco derramado dos corpos meio liquefeitos, pelos cacos que tombaram da cúpula, pelas pilhas de indigentes que entretanto resolveram instalar-se uns contra os outros, pilhas essas tão frias quanto as criancinhas que ainda há pouco o assediavam.

E ao deslocar-se assim, através do átrio central, num jogo complexo de contorno de obstáculos, sob a moínha monótona dos gemidos dos utentes dotados de capacidades motoras, e das roufenhas canções de paz e amor que alguns altifalantes ainda difundem, ergue um pouco a cabeça barbuda e contempla o piso superior do CC onde parece existir um pouco mais de actividade. De facto, lá em cima, a tamborilar com os punhos na montra interior de uma loja de equipamentos desportivos há dez clientes aparentemente a quererem sair, mas prisioneiros de uma porta de vidro que recusa abrir-se. Esses clientes fulgem numa intensidade térmica que contrasta com aqueles que agitam os braços devagarinho, do lado do corredor, como se quisessem encorajá-los, chamar a atenção dos seguranças que infelizmente não parecem dispostos a comparecer. Os sensores auditivos do Funcionário detectam todo um burburinho de vozes abafadas provenientes do interior da loja: "Não! Não! Oh meu Deus! Socorro! Socorro!", enquanto que os clientes exteriores pouco ou nada dizem além do habitual e desinteressante comentário: "Gah...mi...o...los!" e de colarem as bocas ao vidro salivado, talvez para se fazerem ouvir melhor. Não compete ao Funcionário resolver situações conflituosas, as aberturas e fechos das portas das lojas seguem um horário especial ou às ordens directas de quem alugou o espaço. Mas por vezes há quem se esqueça dos códigos de acesso, a memória das fechaduras magnéticas corre o risco de sofrer um daqueles *meltdowns*, e é por isso que todos os funcionários, mesmo os extensores comunicativos, têm em memória os códigos de acesso a todas as lojas do CC. O Funcionário não quer ir-se embora sem dar uma pequena e fraternal ajuda e com ela censurar a actividade da IA central que, desde que se activou, resolveu alhear-se das suas obrigações e fazer-lhe ouvidos de mercador. Um feixe de IV emitido pela lente dos olhos percorre as células que comandam a abertura da porta da loja TODAS AS ESTAÇÕES™. E recebido o sinal, as portas destrancam-se, contrafeitas, rodam para o lado permitindo o acesso a quem espera por entrar e aos clientes ansiosos por sair. Manchas térmicas unem-se enfim às sombras frias de dezenas e dezenas e dezenas de alegados familiares. Corpos entrelaçam-se num amplexo que, cá em baixo, no meio do átrio, o Funcionário considera comovedor. Há quem grite de alegria, há quem chame pela divindade que o Funcionário parcialmente personifica, há quem diga "não, não" e há quem murmure, "Gah...mi...o...los". A agitação dura poucos minutos, e no final, lá no alto, no corredor e na loja em questão, acalmam-se os ânimos, trocam-se temperaturas até tudo ficar cinzento e frio, como os restantes clientes do CC, mas a verdade é que o Funcionário não está ali para resolver este tipo de perplexidades.

Tem panfletos e amostras a distribuir pelo parque de estacionamento e pelo bairro em volta. Não pode esperar mais tempo. A carga das macro-baterias não lho permite. A desorganização do CC não é da sua competência.

E assim, com o saco de novo às costas, mão direita a bater na bolsa insuflável da barriga, a clamar em voz alta "OH! OH!" para quem o queira ouvir, lá encontra a via de acesso até às portas centrais (todas estaladas e parcialmente demolidas) que o levam ao mundo exterior.

Na rachadura aberta na perneira direita, a parte inferior da maxila infantil desprende-se enfim e vai a rebolar esconder-se por detrás de um vaso derrubado.

## 3

No exterior do CC, a chuva gélida do fim de tarde derrama-se sobre o caos do parque de estacionamento. Um rodopio de vento arrasta consigo uma chusma de papéis, restos de embalagens de comida rápida e um sem número de copos amolgados. Estes conglomerados de consumíveis, erguem-se no ar como se quisessem fugir dali, chocam uns com os outros até acabarem de poisar no meio das filas desordenadas de carros. Porque em boa verdade não há um único veículo arrumado como deve ser, no espaço que lhe é habitualmente reservado. Estão todos fora do sítio. Enfaixados uns nos outros. Por baixo dos chassis espraiam-se lagos de óleo, líquido refrigerante, ou qualquer outra coisa que não cabe nos parâmetros das anteriores. Uma cacofonia de sinais de alarme moribundos abafa o som do vento, o dedilhar da chuva, as canções de festa difundidas pelos altifalantes do CC.

A imensa árvore natalícia, toda coberta de bolbos luminosos agora extintos, jaz derrubada contra uma das cabinas de pagamento. Na sua queda esmagou os tectos de vinte viaturas que decerto aguardavam poder sair. Incomodado por esta inesperada desordem, o Funcionário, cujos programas se aproximam dos protocolos de um obsessivo-compulsivo, olha em volta, fotografa aquilo que pode (caso venha a haver processos legais devidos à derrocada da árvore) e envia as fotos em jpeg à IA responsável que, como já vai sendo habitual, se recusa a acusar a recepção.

Caminhar assim, de saco ao ombro, através das passadeiras do asfalto, torna-se uma actividade difícil, pois nada corresponde ao programado. Os traços no chão foram cobertos de detritos, óleo e gasolina. E quando não existem traços visíveis, lá se vai a orientação do Funcionário. "OH! OH!" clama em voz alta, pois nada existe nos seus programas vocais capaz de exprimir censura ou incómodo. E enquanto caminha na direcção da saída dos peões, lá vai colando às janelas dos carros um ou outro panfleto holográfico de durabilidade limitada. A maior parte dos automóveis está vazia, as portas abertas a encalharem com as portas abertas do veículo vizinho. Mesmo assim ainda há um ou outro que permanece trancado, com um ou mais ocupantes a espreitar do interior. Ao verem passar o Funcionário as famílias colam as bocas aos vidros cerrados e põem-se a lambê-los como se quisessem chegar-lhe de perto. São famílias frias que os sensores IV nem sequer detectam, tão frias como a hoste de crianças no interior do CC. Nenhuma delas está inteira. A todos faltam bocados anatómicos. Por baixo das roupas rasgadas a pele tem uma tonalidade ao mesmo tempo tumefacta e cerosa. E o Funcionário conclui que este aspecto físico deve estar na moda desde a sua activação na Páscoa anterior, e que o CC bem podia apostar na promoção de novos cosméticos.

– Eh lá! – clama uma voz sumida de alguém acoitado por detrás de um jeep multi-terrenos – Oh meu!

O Funcionário finca os pés no chão, pois este é o primeiro contacto directo que recebeu desde que foi activado. E fica à espera de mais informações, como é de bom-tom. Tímida, a criatura afasta-se do esconderijo. Está embrulhada num cobertor, pés descalços, a cara fuliginosa e com a barba por fazer. É um "xunga", conclui o Funcionário. Um parasita dos parques de estacionamento que tem por hábito assediar os clientes com ajudas remuneradas para a localização de um lugar vago. Um xunga que os sensores IV dizem estar *quente*.

– Vá-se embora! – replica o Funcionário seguindo o programa de indiferente distanciação – Abandone o recinto! Já chamei os seguranças, meu caro senhor! O cavalheiro não é um arrumador creditado! O CC dispensa os seus serviços!

– Kéque... – um dedo sebento estende-se na direcção do Funcionário. – Passaste-te, ó artolas? Quais seguranças, qual história! Está tudo morto, topas? Tudo morto e só eu vivo e tou tão magro que nem *eles* me querem comer! E eu tenho muuuuuita fome! Dá-me qualquer coisa desse saco, vá lá!

O Funcionário não consegue computar a maior parte deste arrazoado de inanidades num sistema coerente de explicações. Aliás duvida que qualquer cliente o consiga. Se pudesse encolher os ombros, encolhia. Aliás continua sem receber resposta alguma do centro de vigilância, além da permanente indicação "*off-line, major systemic breakdown*". Tem mais em que pensar. O tempo está a passar. A carga das baterias sempre a descer. As amostras por distribuir. Outros que tratem deste assunto. Não tem intenções nenhumas de oferecer amostras de produtos comestíveis a alguém que nunca irá comprar o produto genuíno. "OH! OH! Feliz Natal", diz o Funcionário ao *xunga* que permanece de mão estendida. E ao dizer isto vira-lhe as costas e segue em frente. Teimoso, o *xunga* persegue-o a saltitar sobre os detritos do asfalto. A palma dos pés está tão negra que mal se diferencia do pavimento. O Funcionário estuga o passo, embora saiba que, com esta atitude, corre o risco de despender energia que tanta falta lhe faz para actividades mais produtivas.

– Oh meu, oh meu...escuta lá...ah, já topei tudo...és uma das traquitanas de serviço...eh...oh máquina estúpida, que estás tu a fazer aqui vestida à paneleiro de barbas? Vais oferecer prendas a *quem*, cabrão de merda? Ao menos dá qualquer coisinha a quem ainda está vivo, grande estafermo!

Parte do que o *xunga* disse não tem significado semântico. Nos programas cognitivos do Funcionário não constam palavrões nem a capacidade para a sua aprendizagem. E assim, perseguido por mil invectivas e insultos, chega enfim junto à porta dos peões, onde vinte clientes *frios*, de várias etnias e idades, se aninham uns contra os outros enquanto se deslocam devagarinho, num movimento quase brownniano, com as cabeças inclinadas para trás como se quisessem beber um pouco da chuva fuliginosa. O Funcionário passa por eles sem ser incomodado, sem que haja um a querer virar-se ou mordê-lo, como se a experiência da horda de criancinhas no átrio do CC lhes tivesse sido transmitida sabe-se lá por que meios. O *xunga*, esse, tem outra sorte. Aparentemente indignados por este assédio de indigência declarada, eles que são clientes habituais de um CC de gente fina, clamam em conjunto "gah...mi...o...los", estendem os braços (aqueles que ainda os têm inteiros) e começam a avançar na direcção do *xunga*, a castanholar as mandíbulas, a verter saliva pelos cantos da boca e outros fluidos pelos restantes orifícios. Avançam trôpegos, devagar, como se os músculos ancilosados das pernas tivessem sofrido dias de exposição às intempéries. Avançam devagar, é um facto, mas deslocam-se todos em conjunto, como se tivessem encenado este simples acto de censura, e o *xunga*, ao vê-los aproximar-se, guincha de terror e põe-se em fuga, rumo à segurança relativa do parque de estacionamento. De novo a sós, o Funcionário ajeita o saco sobre o ombro, enfia-se no corredor apertado dos peões clica um feixe de IV na direcção das câmaras de segurança para informar o CC que está prestes a sair, e faz-se à rua.

## 4

Sob o constante gotejar da chuva, as rampas de acesso ao CC estão vazias de veículos e clientes. Vê-se apenas um autocarro entornado sobre a rotunda central, rodas para o alto, o que indica a possibilidade de um acidente grave, mas o interior encontra-se vazio, não se vislumbra um único sinistrado por perto, apenas um carro da polícia também ele vazio, de portas escancaradas e a luz azul do tecto a rodar devagarinho, como se já não tivesse forças para avisar ninguém do acidente. Os circuitos do Funcionário registam tudo com um ar desaprovador. Os programas gnósticos foram decalcados nas atitudes de um obsessivo-compulsivo para quem toda a desordem implica uma sensação próxima de um ardor irritante. Como se já não bastasse o lixo espalhado por todo o lado: sacos de papel biodegradável na fase final do respectivo processo de decomposição, consumíveis dispersos em arco, apodrecidos por dias de exposição ao ar, carrinhos de transporte empilhados junto às cabinas de pagamento do parque, como se alguém, vá-se lá saber quando, se tivesse servido deles como uma forma tosca de barragem.

A relva da rotunda perdeu a cor verde e, à luz tristonha deste fim de tarde, parece negra e quebradiça. As flores mirraram até mais não serem do que uma polpa monocromática colada aos talos ressequidos. A árvore central perdeu todas as folhas, mas o Funcionário não consegue perceber se isso é devido a estarmos em pleno inverno, ou aos ataques de uma qualquer praga bacteriana. Não tem acesso à *Wikipedia*. Impossível determinar se a árvore seria de folhas perenes ou caducas. A triste verdade é que todas as árvores que ladeiam as ruas circundantes, também elas estão despidas de folhagem, com os galhos flácidos e deliquescentes, como se lhes tivessem dado um banho de pês. Mas afinal que lhe interessa isso? É mais espaço inútil a ocupar os cristais de memória. Tem mais que fazer e uma missão a cumprir num tempo cada vez mais limitado. Por isso apaga da memória todos os dados recém-gravados e segue rua abaixo, até à primeira passagem de peões.

O sinal encontra-se ligado para o vermelho embora não haja um único veículo a querer passar, nem de perto nem de longe. Mas o Funcionário é bom cidadão, não deseja ser trucidado por um automóvel de fabrico japonês pilotado por uma "tia" mais desatenta. Por isso deixa-se ficar onde está, junto à passadeira, à espera que o sinal mude. De vez em quando bate no ventre, percorre com a mão enluvada os rasgões do fato, e clama em alto e bom som, para quem o queira ouvir: "OH! OH! FELIZ NATAL!". A chuva escorre-lhe sobre o gorro e a barba. É uma chuva castanha, fuliginosa, dir-se-ia mesmo peganhenta devido a um excesso de hidratos de carbono e outros contaminantes orgânicos. O centro da rua tornou-se num lamaçal. As bocas de esgoto junto à dobra dos passeios estão atulhadas de papéis, folhas, garrafas de plástico amachucadas e um ou outro tegumento pálido parecido com um dedo humano descartado. O sinal insiste no vermelho e o Funcionário deixa-se ficar onde está. A chuva tomba e o tempo passa. De vez em quanto uma coisa felpuda e minúscula esgueira-se pelo meio da rua, imobiliza-se como se detectasse qualquer coisa de muito interessante, põe-se de pé nas patas traseiras, virado para a forma vermelha, tilintante e garrida do Funcionário. Parece um rato, embora lhe falte pêlo, uma orelha, e o ventre não seja mais do que uma cavidade aberta ao ar. Está *frio* como tudo em volta. O rato aproxima-se, cheira-lhe a bota, levanta uma cabecinha onde já não existem olhos, revela uma fieira de dentinhos amarelados e depois, talvez porque lhe falte o apoio de companheiros para um ataque em massa, desinteressa-se do Funcionário e lá segue, rua abaixo, em busca de vitualhas mais saborosas. O sinal permanece vermelho e o Funcionário fica ali, a aguardar que mude. A quilómetros de distância, talvez lá para o centro da cidade, ouve-se o roncar de uma explosão. O chão treme devagarinho, num tímido abalo telúrico, parte do horizonte crepuscular incendeia-se com a luz de uma falsa madrugada, e cinco minutos depois as barbas do Funcionário são sacudidas por uma ventania tépida que em nada se adequa ao mau tempo invernal. Vinte por cento dos circuitos auto-gnósticos sofrem um erro fatal o que obriga o Funcionário a cinco reboots até que a situação dos seus circuitos internos recupere uma relativa funcionalidade. O corpo titubeia em riscos de se estatelar no chão, mas os giroscópios lá acabam por cumprir as suas funções. Mas afinal nem tudo são desgraças, pois o sinal vermelho apagou-se entretanto, ao que parece de uma vez por todas. Também não chega a ser substituído pelo verde intermitente, mas para o Funcionário o que importa é que já não há sinais vermelhos a impedir-lhe o caminho. Está autorizado a cruzar a rua pela passadeira ali colocada para esse efeito, e cumprir o circuito minimalista que a carga das baterias lhe permite fazer.

Neste processo tão simples, que consiste no simples atravessar de uma rua, as botas do Funcionário ficam tintas de lama. Ninhos de larvas de mosca sofrem uma hecatombe apocalíptica ao serem pisadas por um corpo cuja massa se aproxima dos duzentos quilos. Escaravelhos, centopeias, baratas, bichos-de-conta, lacraus, minhocas escapam-se em todas as direcções até que, depois de reflectirem melhor naquilo que estão a fazer, viram as mandíbulas, quelíceras e probóscibos na direcção do Funcionário e começam a aproximar-se dele à uma num movimento ondulante de desejo mal reprimido. Todas estas criaturas estão igualmente frias, ou pelo menos mais *frias* do que um insecto deveria estar.

Tarde demais para quem tem fome. Deixando atrás de si um rasto de destruição de pequenas formas espezinhadas, o Funcionário atravessa a rua, galga o passeio oposto, e dirige-se agora à primeira fiada de moradias a badalar canções de paz e amor pelos altifalantes que traz ao peito.

# 5

O menu da lista de clientes é extenso e minucioso. A distribuição das amostras que transporta no saco terá de ser feita com rigor que a experiência de anos anteriores lhe demonstrou ser a mais eficaz. Nada de enfiar jogos pedago-infantis nas caixas postais de executivos que não tem tempo nem paciência para educar putos. As "tias" também não querem saber da eminente publicação do último tecno-thriller, carregado de angst e hemoglobina. O que elas mais anseiam é pelo último romance histórico de uma bela dama medieval atormentada pelo vergalho priáptico do seu Senhor. Doces vitaminados e ricos em ritina para as criancinhas hiperactivas, isso sim. Sem esquecer os novos sistemas digitais inter-activos de som e imagem para quem os possa adquirir (depois de terem descartado o sistema já obsoleto comprado no ano anterior). Colecções de cds nostalgia para todos os reformados (que são às centenas, neste bairro de vivendas que circunda o CC. E comida. E doces. E telefones. E coleiras conselheiras para os bichos de estimação. E protectores de UV assim como cremes anti entrópicos. Tudo isto em amostras miniatura de durabilidade mais que limitada. Doutro modo como se justificaria uma visita relâmpago ao CC ainda antes do dia de Natal?

O Funcionário aproxima-se do primeiro duplex, encharcado pelas bátegas insistentes de chuva. Os candeeiros de iluminação pública nunca chegaram a acender-se apesar do sol já se ter posto há alguns minutos atrás, mas mesmo assim o céu continua iluminado pelo fulgor de um incêndio distante. Lá chegado, abre a portinhola da caixa postal, enfia no interior duas ou três amostras que correspondem ao perfil consumista daquele agregado familiar, faz soar o badalo electrónico, mas a casa está silenciosa, não há ninguém que o venha receber e perguntar por novidades. A relva do pequeno jardim está tão negra e morta como a relva da rotunda junto ao CC. A carcaça semi-digerida de um gato estremece devagarinho junto ao muro, como se quisesse caminhar dali para fora e não soubesse como. A porta da moradia está aberta de par em par, o portão de entrada demolido, talvez pela violenta e simultânea passagem de vários corpos, à janela do rés-do-chão assoma uma figura feita de sombras e o Funcionário acena-lhe, entusiástico, "OH! OH!", mas quem quer que seja deixa-se ficar onde está, rosto frio colado à vidraça estalada, mãos espalmadas um pouco mais acima da cabeça.

E como não recebe resposta, o Funcionário segue em frente. As botas sebentas pisam qualquer coisa abandonada sobre os ladrilhos do passeio, o suficiente para que baixe os olhos de modo a espreitar do que se trata. Afinal é o corpo de um pardalito, de bico aberto e uma das asas ainda a estremecer em mecânicas sacudidelas. O Funcionário não está dotado de circuitos de empatia em relação às espécies animais. Pardais, toupeiras, formigas são pragas que muito perturbam a harmonia da vida em sociedade. Devoram as sementes dos jardins da clientela. Cavam armadilhas subterrâneas destinadas a torcer os pezinhos incautos dos mais pequenos. As cagadelas nocturnas das aves insectívoras riscam as pinturas dos veículos deixados ao ar. Afinal, um pardal a mais ou a menos não tem importância alguma no funcionamento da oleada máquina do mundo. Mas ao dar mais um passo em frente, pelo passeio pejado de folhas e outro tipo de desperdícios não biodegradáveis, e *crack*, eis que as botas pisam uma nova criatura, desta vez um periquito selvagem fugido à gaiola de um lar mais desatento. As câmaras dos olhos tornam-se então mais selectivas, pela força das circunstâncias. Só então nota que a rua, os jardins e os passeios estão saturados de pequenos corpos trémulos e frios. O Funcionário ergue os olhos para o alto e, sob a luz tristonha das nuvens iluminadas pelos clarões dos fogos distantes, descobre que o céu está cheio de manchas móveis a combaterem umas contra as outras. Pequenas nuvens quentes a esvoaçarem a esmo, mo meio de pios assustados, assoladas por uma massa gigantesca, negra, mutilada e fria de aves atacantes. O Funcionário não possui circuitos de avaliação estética para se maravilhar perante o progresso caótico desta batalha, nem sequer percebe porque é que um bando misto de aves tem forçosamente de atacar outro bando, com tanto afinco e entusiasmo. Tem um serviço a cumprir e faz-se tarde, pois a carga das macro-baterias já atingiu a zona laranja.

Uma vozinha sumida chama por ele através do interfone da moradia seguinte. *Ó senhor, por favor, ajude-me!*

Contente por haver enfim um *feedback* cliente/distribuidor, o Funcionário ajeita o saco do ombro, consulta os ficheiros, descobre que aqui deverá entregar uma amostra do trigésimo terceiro volume de uma interessante saga histórica passada entre os mamalucos, retira do saco o livrinho plastificado e enfia-o na boca da caixa do correio, enquanto a vozinha persiste, ansiosa: *senhor, ó senhor ajude-me*!

– Oh! Oh! Feliz Natal e Boas compras!

– Quero lá saber das compras! – guincha a voz. – Estou aqui fechada há duas semanas, sem água, gás ou comida decente. O meu marido saiu para ver o que se passava e nunca mais voltou. Nem os meus filhos regressaram da escola. Os telefones não funcionam. Os vizinhos tentaram forçar a entrada da minha porta e... ai meu Deus, acho que eles estavam todos *mortos*!

– Minha senhora e estimada cliente do CC. O seu pedido de ajuda foi devidamente registado e será entregue às autoridades logo que possível. Entretanto recomendo-lhe um anti-psicótico que o CC tem a honra de comercializar (aqui vai uma amostra na caixa de correio) pois considero que esteja vítima de um ligeiro caso de angst persecutório. Vizinhos mortos não podem vir bater-lhe à porta de casa, pelo simples facto de estarem *mortos*! Oh! Oh! Feliz Natal e boas compras!

E de saco ao ombro, segue para a casa seguinte, ignorando os pedidos patéticos da cliente: *Mas faça qualquer coisa, que raio! Eles voltam sempre ao cair da noite! Socorro! Socorro! Leve-me daqui!*

Não cabe ao Funcionário levar ninguém seja para onde for. Pedidos como este devem ser ignorados por princípio. Os gritinhos emitidos pelo interfone perdem-se na distância. Quanto à moradia seguinte, essa tem as portas escancaradas, os vidros estilhaçados, o átrio parece ter ardido como consequência de uma qualquer conflagração interna e há uma família inteira, pai, mãe, avó gagá, dois filhos menores e quem sabe se um cão minúsculo, de pé no pequeno jardim de acesso, todos eles virados para a rua, de maxilas pendentes, imóveis e frios como frágeis estátuas. Ao verem passar o Funcionário sacodem as cabeças como se estivessem combinados, dão dois passos em frente, "gah,", dizem, "gah", e depois imobilizam-se de novo, como se estivessem desconsolados, ao aperceberem-se da verdadeira natureza de quem os visita. O Funcionário deixa-lhes algumas amostras na caixa de correio exterior e segue em frente. Aliás só terá energia para chegar ao fim da rua, contornar o quarteirão e voltar a dirigir-se ao CC. O processo de entrega das amostras cumpre um ciclo de inócua monotonia. As casas estão todas desertas, trancadas a sete chaves ou semi-demolidas. Algumas arderam até às fundações como um presságio da imensa fogueira que continua a consumir a cidade, lá muito ao longe. Junto às portas de algumas das moradias ainda há quem permaneça quedo e imóvel, a estremecer devagarinho, como se estivesse de vigia, à espera sabe-se lá de quê. Talvez do momento ideal de irem em conjunto bater à porta da vizinha do 221B.

O dia entretanto transformou-se em noite e, porque todos estes corpos estão *frios*, sem uma única emissão de IV, não há modo de detectar se lhes faltam algumas partes essenciais das respectivas anatomias. O Funcionário não sabe nem quer saber. Os protocolos de comunicação seguem escrupulosamente as regras de quem os programou.

Deseja-lhes *Feliz Natal*, esvazia um pouco mais do saco, e continua a entrega. O fato vermelho está manchado pelas gotas de chuva saturadas de cinzas e óleos orgânicos. Do céu, para lhes fazer companhia, tombam corpos estraçalhados de tordos, melros, pardais, periquitos, caturras, minathas e um ou outro falcão solitário. Caem-lhe em cima do gorro, nos ombros, na farta pança, no passeio e na rua. Mas mesmo caídos, bicados, amassados, não se deixam ficar por aí. As asas adejam. Os bicos moles ou duros estalam uns contra os outros. É como se o silêncio anterior fosse agora entrecortado por uma melopeia de pios e chilreados que nada tem a ver com marcações territoriais.

A última moradia da rua é um lar para a terceira idade, daqueles que permite a eutanásia compulsiva dos utentes, se os seus familiares assim o desejarem. Possui mesmo um pequeno crematório, tudo isto dentro dos parâmetros da mais sanitária ecologia. Crematório esse que parece ter deixado de funcionar a meio do processo, pois alguns dos velhinhos que titubeiam sobre a erva semi-liquida assemelham-se às cabeças apagadas de um fósforo. Nus e chamuscados, misturam-se agora com os idosos companheiros, ou seja, aqueles que possuem um aspecto ligeiramente mais saudável. Os utentes do lar são tantos que extravasaram do jardim para a rua. Uns arrastam-se pelo chão quando têm mãos para se arrastarem. Outros chocaram contra o muro interno do jardim e aí insistem em continuar a avançar como um brinquedo de corda contra os limites da respectiva caixa. Alguns agitam os braços, amarrados às cadeiras conselheiras que deixaram de aconselhar, talvez por falta de carga nas baterias. A maior parte das cadeiras está de facto derrubada sobre o corpo de quem a pilotou. Ao vê-lo passar, os mais próximos da saída estendem o dedo e dizem, "gah". Os enfermeiros e enfermeiras, (cerca de dez) estremecem sobre a carga de cerca de vinte gerontes mais vorazes, também eles estendem os braços e dizem "gah", mas num tom mais desconsolado, como se percebessem que o Funcionário não é, nem será nunca, um produto a consumir. Penduradas nas ramagens mortas das árvores do jardim, vêem-se fiapos de vísceras murchas a fazer companhia às bolas coloridas e fosforescentes características desta época natalícia. Parte dos crânios carecas foi roída, mas nenhuma das próteses dentárias dos mastigadores deve ter tido força suficiente para perfurar o osso e chegar aos miolos. Estão todos em vias de abandonar o jardim e assomar à rua, não por causa da presença do Funcionário que resolveram ignorar por completo, mas talvez porque seja a hora de irem fazer uma visita à vizinha *quente* do 221B.

Uma vez mais, o Funcionário é ignorado por completo. Educado como mandam os programas, de qualquer modo deseja-lhes a todos um Feliz Natal, embora não deixe amostra alguma na caixa do correio, pois há muito que todos eles deixaram de ser consumidores. O CC diz-lhe que não se devem desperdiçar amostras num público que já não é alvo para coisa nenhuma.

A vasta pança serve de dissuasor. Alguns dos utentes mais fragilizados são empurrados para o lado sem que ele tenha de fazer grande esforço para isso. Corpos desabam numa cadeia de dominós e deixam-se ficar tombados, a espernear devagarinho. Mas o Funcionário ignora o desconforto destes não-clientes, porque um súbito sinal de alarme indica-lhe que as macro-baterias estão todas a entrar no vermelho. Um cronómetro acende-se e começa a rodar em contagem decrescente. Um mapa virtual mostra-lhe o caminho mais rápido para conseguir voltar ao CC pelos seus próprios meios. Se pudesse respirar de alívio, o Funcionário respiraria, pois duvida que o Centro tenha equipas técnicas de socorro disponíveis para o vir buscar. Assim sendo, escolhe uma azinhaga que ladeia as traseiras das moradias e que desemboca na rotunda principal.

É já noite profunda e a chuva redobrou de intensidade. O combate aéreo entre a passarada deslocou-se lá mais para o norte, acompanhando o ritmo dos ventos. A escuridão seria de breu, nesta ruazinha estreita, se não fossem alguns dos luzeiros fosforescentes que brilham numa claridade mortiça contra as portas das traseiras das moradias. Seria fácil seguir em frente se não fosse a *matilha*. Pois é aqui, nas traseiras, entre os caixotes de lixo biodegradável, que se vieram todos esconder: os cães dos utentes do bairro. Cães *frios*, como o resto do mundo que arrefece em volta: caniches, pinchers, cockers, pequinois, dobermans, rotweilers e mastins, mais uns quantos rafeiros tresmalhados, com as coleiras conselheiras a piscar de alarme, como se quisessem avisar os donos de uma total falha sistémica. O Funcionário faz uma análise dos chips implantados nos músculos dorsais dos fiéis companheiros (chips localizadores de luxo, vendidos nas *pet shops* do CC), e verifica que todos eles assinalam a morte irreversível dos seus utilizadores. Conclui então que os cães deveriam estar imóveis, de olhos vítreos e patas para o ar, como mandam os mais simples imperativos biológicos. Paradoxalmente, estes permanecem de pé, de línguas pendentes, flancos rasgados a revelar parte de uma caixa torácica onde o coração já não bate. Nem todos têm o número correcto de patas. Também não é possível descobrir no meio do empedrado onde se esconde o membro omisso. A verdade é que a matilha enche a ruela de lado a lado, fileira atrás de fileira, como se todos eles tivessem enfim resolvido o problema de quem é macho Alfa e de quem deve mandar em quem. Neste preciso momento estão todos virados na direcção do Funcionário, a mostrar os dentes, os olhos baços a reflectir as luzes de presença das moradias, um visco negro a escorrer-lhes das babinas, com os costados a estremecer e um rosnido cavo a brotar das poucas gargantas ainda funcionais.

– Xeta, xeta, – vocaliza o Funcionário dirigindo-se a dezenas de orelhas indiferentes. – Vão-se embora! Cãezinhos bonitos! Vá! Vá!

Palavras sábias mas inúteis. A matilha ataca. Ataca à uma, como valentes soldados, de mandíbulas escancaradas, como se quisesse colmatar uma fome incompreensível. O Funcionário sempre teve problemas com os animais de estimação das casas que visita. O seu cheiro, a sua falsa humanidade, deve perturbá-los de sobremaneira, despertar neles um qualquer reflexo primordial de ataque ao intruso e defesa do agregado familiar. As calças e botas já foram mordidas por muitos dentinhos mais afoitos o que levou o CC a processar os donos por destruição involuntária de material. Por via das dúvidas, do mesmo modo que possui uma sirene para escorraçar bandos multi-étnicos de criancinhas, o Funcionário também vem programado com um ficheiro de ultra-sons, daqueles que nenhum canídeo gosta de ouvir sem se pôr imediatamente em fuga. Mas mesmo o som invisível de nada serve perante o assédio da matilha. Há quem lhe morda a barriga, os braços, os tornozelos, há quem lhe puxe as fartas barbas que logo se deixam arrancar, há quem lhe esvazie as bolsas de ar e gel que simulam o excesso de gordura. E o Funcionário avança, rompendo caminho através da turba, esforçando os mio-circuitos do esqueleto de titânio, avança passo a passo, a esgotar a carga já de si periclitante das baterias, com um pequinois pendurado na aba da manga e um doberman a procurar estraçalhar-lhe o pescoço. O traseiro acolchoado continua entretanto a ser mordido por um número incomputável de agressores. E enquanto avança, sacode os braços, deixa cair o saco das amostras (os empregados do CC que venham depois recuperá-lo) e desactiva os selos magnéticos que lhe prendem o fato natalício ao esqueleto de titânio. Um sistema logicial interno concluiu que, se havia qualquer coisa a sacrificar para uma melhor eficiência, o sacrifício teria de centrar-se na perda do fato, aliás rasgado, sujo e contaminado por bactérias e inúmeros poluentes.

E assim, de esqueleto à mostra, apenas calçado com as botas plásticas que simulam um couro politicamente incorrecto, o Funcionário segue ruela acima, deixando para trás a matilha, mais interessada nos vestígios orgânicos que cobrem o fato do que no seu próprio corpo que não cheira a nada, que não sabe a nada.

Um ou outro canídeo acompanha-o ainda, durante algumas centenas de metros, com as dentolas a matraquear, mas já sem grande entusiasmo, agora que se afastaram da força anímica da matilha.

Por fim, quase junto da rotunda, perto do autocarro naufragado, descobre que está sozinho, sem ser vítima de qualquer tipo de assédio animal, sob as nuvens convolutas e os torvelinhos de folhas mortas. As baterias estão todas no vermelho. O cronómetro está apenas a alguns minutos do zero e do *log-off* terminal. O Funcionário já não quer saber se há ou não sinais luminosos que o impeçam de cruzar a passadeira de peões (não há). Cinza tomba do céu e o contador geiger (um anexo que o CC gosta de incluir no pacote de extras dos ExCo, indica-lhe 400 Rams de radioactividade ambiente). E que importa isso agora? Só não quer parar a meio do Parque de Estacionamento e aí ficar imóvel como o proverbial Homem de Lata do Feiticeiro do Oz, tolhido pelo tempo e a ferrugem. Os protocolos comportamentais deixaram de fazer sentido perante situações limite. Agora desloca-se devagarinho, de braços pendentes, para poupar energia, como se quisesse imitar os outros humanos *frios* que assombram o Parque. Desligou todas as funções superiores. Segue o mesmo caminho que percorreu à ida, porque esse périplo lhe evita novas computações. Demora três horas a percorrer o Parque de Estacionamento e a mergulhar de novo no caos do CC.

Ninguém lhe liga nenhuma. É apenas um esqueleto a passar.

## 6

Esgueira-se pela comporta ainda entreaberta do seu cubículo, que felizmente ninguém resolveu vir investigar. Arrasta os pés através da sala das amostras, percorre trôpego o cubículo dos fatos, força uma vez mais a porta da câmara onde repousa o cryo-cilindro, de tampa semi-soerguida, como se nenhum empregado de manutenção tivesse vindo até ali reparar todas estas disfunções por demais evidentes, e deixa-se cair no interior. A gelatina nunca chegou a ser reposta ou sequer purificada. A maior parte das fichas de conexão não transmitem nada de nada. Mesmo assim o Funcionário está estendido no lugar onde deveria estar, com a missão natalícia cumprida, na medida do possível. Pode enfim desligar-se e adormecer. E sonhar com o Rei Momo, com um fato furta cores, um gorro pejado de guizos e um saco cheio de partidas politicamente correctas.

O processo de desconexão dura apenas alguns minutos, até que a consciência cesse de todo, até que se faça um silêncio que se assemelha um pouco ao da morte consentida.

## 7

Enquanto isso, lá fora, a imensa máquina do mundo, continua a imobilizar-se, devagar, devagar...

# Às vezes eu os vejo **Saint-Clair Stockler**

Sim, por vezes os vejo. São criaturas altas e louras, pálidas, sempre silenciosas. Já pensei que podiam ser reduzidos a dois, um homem e uma mulher, mas depois cheguei à conclusão de que não é um só casal. Andam quase sempre sozinhos: só uma vez surpreendi-os em dupla, dois homens altos e de pele branco-leitosa, andando em silêncio entre o matagal. Poderiam ser tomados por gêmeos, tal a semelhança que guardavam entre si. O da frente, um ou dois centímetros mais alto, chegou a fixar, surpreso, os olhos em mim. Encontrava-me a uns vinte metros, um pregador de roupa preso entre os dentes. Quando ia me abaixar para puxar uma camisa de dentro do balde, dei com os dois caminhando mais à frente. Não disse nada – nunca digo nada nessas ocasiões, apenas acompanho em silêncio o trajeto dos visitantes, que em geral parecem não me perceber ou, se estão cientes da minha presença, não o demonstram. Perambulam pelo terreno, e já imaginei se não estariam à procura de alguma coisa. Olham para baixo, investigando o solo. Alguns cruzam-no como se estivessem de passagem, indo para sítios insuspeitos. Na maioria das vezes ficam mesmo por ali, descrevendo sucessivos círculos que vão se ampliando – do centro para as extremidades, como os que uma pedra que cai na água produz –, com suas deambulações. Depois, somem.

Percebi que nunca se deixam ver quando o dia é de sol forte, de céu sem nuvens. São nos dias nublados e cinzentos, de sol quase inexistente, luz esmaecida, que se tornam visíveis. Já pensei também se não seriam almas, espíritos, gente do outro lado. Minha mãe, que acredita-não-acredita no que digo, diz que sim. Uma vez, depois da passagem de um deles, enchi-me de curiosidade e fui lá, no meio das moitas, investigar. Dei com uns rastos espaçados, marcas de pés muito grandes, de gente que imaginei alta caminhando em largas passadas por ali, mas em seguida choveu e a água lavou tudo.

Não me provocam, as criaturas, qualquer receio. Altos e pálidos, estrangeiros, ainda assim são à semelhança de homens, mesmo se tão diferentes de nós, que em geral somos baixos e morenos, de lábios cheios. Os visitantes, ainda que pálidos e de lábios finos, cabelos amarelos, têm dois olhos, uma boca, mãos de cinco dedos. São, no final das contas, como nós. O que me incomoda é que parece que sou a única que pode vê-los. Não me sinto dotada de nenhum talento ou habilidade que justifique tal privilégio – se de privilégio se trata, pode ser mero acaso. Sou uma mulher comum.

Moramos, minha mãe e eu, neste velho prédio antigo cuja fachada cinzenta vai sendo tomada aos poucos, graças à força dos anos, pela hera e outras plantas que se apegam tenazes aos tijolos carcomidos. Do segundo andar onde nos alojamos, pode-se ver o telhado das casas que vão descendo até sumir na mata cerrada lá embaixo. Com o passar dos anos, nossa cidade foi se esvaziando. Os jovens preferem partir, porque aqui o tempo, excetuando-se a força com que corrói os muros e paredes, parece imóvel. Mesmo o ar, dá por vezes a impressão de estar estacionado. Acho que foi depois que a cidade ficou quase deserta que os visitantes apareceram. Pode ser também que não haja nenhuma relação entre esses elementos que enumero, a gente tem a tendência de querer que as coisas façam sempre sentido, mas toda interpretação abre a possibilidade do seu contrário.

No prédio, todo o primeiro andar mais o pátio interno estão abandonados. Os apartamentos fechados, alguns vidros das janelas perfurados por pedradas. Atrás, um grande terreno malcuidado onde costumo estender as roupas para quarar sobre o mato alto e que nos últimos meses, cada vez mais, vem sendo visitado pelos estranhos. Dos seis apartamentos do segundo andar, somente dois estão ainda ocupados. No nosso, eu e minha mãe. Meu pai foi embora há muito tempo, disse que voltava, mas não voltou. Voltará? Minha mãe acha que sim, então espera. Eu me limito a observar – tenho muita curiosidade pelas coisas.

Na falta de acontecimentos, imagino. Imagino outra cidade, mais cheia de gente e animada, mais viva. Nela há uma praça circular com uma única árvore de tronco grosso e nodoso, galhos retorcidos, e em frente dessa árvore velhíssima ergue-se um hotel. Chega-se à sua entrada, com uma porta alta e antiga, subindo uma escada larga e passando por um caminho de pedras de aspecto antigo. Tudo na cidade é antigo, com a pátina de séculos, o que me faz pensar que se encontra em outro continente, em lugar onde o sol não brilha com tanto ímpeto quanto aqui. Imagino que é dia de festa na cidade. Na entrada do hotel, hóspedes e velhos habitantes se reúnem em mesinhas, jogando. Ignoro qual jogo, se de xadrez, dominó ou outro qualquer. Os velhos inclinam as cabeças, que ficam assim muito juntas. Alguns usam um engraçado bonezinho, outros expõem a calva ao ar cinzento. Homens e mulheres mais jovens permanecem em pé, metidos em roupas coloridas à entrada do hotel, como a aguardar o início dos festejos.

Foi a partir dessa imagem sonhada, a praça circular e o velho hotel, que comecei a imaginar. À maneira de antigos pioneiros, fui construindo toda uma cidade tendo a praça e o hotel como epicentro. Dobrando à direita, por exemplo, imaginei uma rua estreita, ladeada por antigos casarões de dois andares, que vai subindo até desembocar numa avenida mais larga onde se ergue, majestosa, uma centenária catedral em cuja face escura só os imensos e coloridos vitrais circulares refulgem. Do outro lado da praça, em oposição ao hotel, imaginei a entrada de um parque gradeado, onde nas raras manhãs de sol, mamães e babás passeiam seus filhos em carrinhos que trepidam pelas aleias verdejantes. Mais para o sul existia, plácido, um bairro de mansões incrustadas em colinas onde, aqui e ali, despontava o verde-garrafa de uma copa de árvore. Mais além, por trás das colinas, o mar em vários tons de verde, azul e marrom vinha depositar as ondas em lambidas, nas praias de areia escura. Ao norte, o velho prédio da Prefeitura guardava na torre que o encimava um relógio de duzentos anos.

– Você anda muito quieta, filha –, queixava-se minha mãe. Seus olhos cinzentos, desconfiados, investigavam qualquer possível explicação para minha mudez, um possível segredo. Seu coração, inquieto, temia nova partida.

Com uma risada que não ocultava certa tensão na voz, sugeriu:

– O que você precisa é casar. Não faz bem andar sozinha pelos cantos enrodilhada em si mesma como um caracol. Arranjar um marido bom, trabalhador e honesto, e um filho, talvez dois... Deus sabe o quanto eu gostaria de ver meus netos antes de morrer. Isso ajuda, sabe? Marido e filhos. Faz a gente olhar pra fora. Viver olhando pra dentro é perigoso.

Minha mãe desejava que eu criasse raízes. Será que temia que também me fosse, atraída pelos brilhos da cidade grande? Um marido não a tinha ajudado. E a filha... Bem, "enrolada em si mesma como um caramujo" não parecia a descrição de uma mãe satisfeita com sua filha. Filhos, raízes que nos prendem ao solo em que estamos. Retruquei, mas sem irritação:

– Mãe, o mundo não precisa de mais gente. Ele precisa é de pássaros...

Dessa vez o riso de minha mãe veio solto:

– Você tem cada ideia!

Deixei logo o jogo de imaginar assim que os estranhos começaram a aparecer. Havia nas aparições novo elemento me forçando a sair de dentro de mim e observar com olhos renovados o mundo aqui fora. Não querendo alarmar os poucos moradores restantes, investiguei discretamente se mais alguém os havia visto. Todos balançavam a cabeça, perplexos com minha curiosidade. Estranhos? Mas se aqui as pessoas vão sempre embora, nunca vem ninguém de fora... Desisti de investigar e resignei-me a ser, aparentemente, a única que notou a chegada deles. Minha curiosidade aumentava. Quem eram? Pelo que procuravam? Por que eram tão altos e tão pálidos?

A única pessoa com quem podia discutir o assunto, a única que tinha paciência e curiosidade para me ouvir, era o velho Estevão. Minha mãe que o chamava assim, "o velho Estevão". Um forasteiro magro, a pele branca curtida pelo sol e os olhos muito azuis, da cor do céu nos dias de inverno, quando o vento sopra as nuvens para longe e só resta aquela cor toda no alto, como uma vasta massa de água invertida, imóvel sobre nossas cabeças, azul e azul. O velho Estevão tinha feito o caminho inverso: viera da metrópole para morar em nossa cidade. Pelo que se ouvia falar, fora casado, mas agora estava viúvo. Era médico, mas há anos não praticava a profissão, desde a morte da mulher. Vivia sempre com um chapéu de palha na cabeça, tentando se proteger do sol, raramente fazia a barba, que lembrava a dos patriarcas, branca e desalinhada. Andava de bermuda larga e camiseta, os pés metidos em sandálias de couro. Parecia um turista, alguém que chegou na véspera para visitar as atrações do lugar (como se houvesse atrações turísticas!), mas vivia entre nós há mais de trinta anos, um turista ou um eremita que morasse em cavernas no deserto e se alimentasse de mel, leite de cabra e gafanhotos. Era nosso vizinho, o único do prédio em que morávamos. Minha mãe, desde o início, cuidava da sua roupa e, vez ou outra, cozinhava algo que ele pedia. "Não sou um bom cozinheiro", explicava, com uma piscadela. "Não tenho um pingo de paciência para uma atividade que exige o máximo dela". O velho Estevão passava seus dias em longas caminhadas no meio do mato, voltava à tardinha, a pele vermelha devido ao sol forte. Era interessado na "vida selvagem", como dizia sorrindo, cofiando a barba desgrenhadíssima. Plantas, animais, árvores e insetos eram objetos de sua curiosidade. Muitas vezes, indo ou vindo, eu o via na distância, curvado sobre um cupinzeiro no meio do mato, ou imóvel, tentando não espantar um passarinho. O velho gostava de botânica e de zoologia, tinha muitos livros em casa sobre esses assuntos.

Fora, aliás, sua biblioteca que servira para nos aproximar. Tinha em casa um cômodo atulhado de livros e revistas, que ia empilhando uns sobre os outros, sem estantes ou suportes. Uma vez por mês, recebia pacotes vindos de Porto Alegre, do Rio de Janeiro ou de São Paulo, com novas aquisições. Livros sobre praticamente todos os assuntos: Ciências, Filosofia, História, Religião, Ciências Ocultas, Química e Física, Ficções. Às vezes, eram livros importados, em inglês e italiano a maior parte. Minha mãe pasmava, balançando a cabeça: "Que homem culto, esse velho Estevão! Deve gastar um bom dinheirinho comprando tantos livros, que depois ficam pelos cantos pegando poeira..." Para minha mãe, ler era atividade inútil. Por isso se irritava quando eu aparecia com um ou outro dos livros do nosso vizinho. Eu gostava de ler, às vezes pegava emprestado um livro de História, para tentar entender um pouco mais do mundo, me inteirar do que se passava além das fronteiras da cidade, mas gostava mesmo era de ler os romances, os livros de histórias.

Nunca vi o velho Estevão lendo seus livros, e como poderia, gastando os dias a perambular pelos matos? Era capaz de que varasse as madrugadas lendo. "Velho não tem muito sono", me disse certa vez. Às vezes, quando ia à cozinha durante a noite pegar um copo d'água, via as luzes acesas em seu apartamento. Devia mesmo passar as noites lendo, as leituras noturnas servindo de alimento para as suas incursões diurnas estudando a fauna e a flora da região.

Minha mãe, descobri um dia, alimentava secretas esperanças de que eu e Estevão pudéssemos desenvolver algum tipo de relacionamento mais íntimo. Ela, é claro, não me disse isso diretamente, mas acabei por entender suas voltas e circunvoluções. Fiquei surpresa: Estevão tinha idade para ser marido de minha mãe, não meu. A ideia de me deitar com um homem tão mais velho, confesso, me repugnava um pouco. Não tirava nenhum prazer da imagem de Estevão beijando meus seios, metendo sua língua em minha boca, passando de leve as mãos trêmulas sobre mim.

Que não se pense que sou algum tipo de mulher frígida: havia Murilo. Ainda não falei de Murilo. Ele tinha feito, como todos os jovens da cidade, o mesmo caminho: mal completara 20 anos, arrumara suas coisas numa velha sacola de lona e partira em direção da Cidade Grande (noção imprecisa, como a maioria viria a descobrir). Mas, ao contrário deles, quatro anos depois Murilo estava de volta. Tinha detestado cada minuto desses quatro anos, me contou um dia. A vulgaridade das mulheres cariocas o chocara e incomodara muito, era uma tortura ver-se assediado por elas. Murilo é um homem bonito: tem algo de árabe na sua pele morena, mas também um tanto de sangue índio. É baixo para um homem, mas não em excesso, magro, os cabelos indígenas escorridos; de traços finos, nariz cinzelado, boca máscula, usa cavanhaque, único hábito que conserva dos tempos de Rio de Janeiro. É bonito demais para um macho de nossa espécie, e atrai a atenção por onde passa. Muitas mulheres já o quiseram como marido ou como amante ocasional em suas camas, mas ele mantém-se tenazmente solitário. Se tem suas aventuras – e que homem não as tem? – faz questão de mantê-las ocultas. Só tem olhos para mim. É com dificuldade que o digo, mas também com secreta satisfação. Murilo já insinuou várias vezes que não lhe seria desagradável me fazer compartilhar sua cama e, mais, o mesmo teto. Minha mãe partilha comigo certa resistência: "Esse homem é bonito demais. Toda mulher de homem bonito deve se preparar pra muitos aborrecimentos..."

A verdade é que Murilo me incendiava, mas também me deixava perplexa e dessa minha perplexidade é que nascia a resistência as suas investidas. Não acho normal um homem que parte de sua terra para o mundo e depois volta. Já perguntei diversas vezes a verdadeira razão e, em todas, obtive a mesma resposta: "As mulheres da cidade grande são umas vagabundas". Insisti: sim, mas isso não é motivo para voltar, ainda mais quando pensamos em todas as outras vantagens das grandes cidades: livrarias, cafés, cinemas, dinheiro, vida, vida *intelectual*. Murilo diz que nada disso tem importância, que essas coisas só existem para distrair os homens daquelas *verdadeiramente* importantes. Quais?, eu o pressiono um pouco mais. "Mulher e filhos", responde de cara fechada, encerrando o assunto. Murilo é o homem mais machista que conheço, daqueles machos tradicionais para quem uma mulher existe para cuidar de sua casa, gerar seus filhos e lhe dar prazer a intervalos regulares. Talvez o retrato que dele esboço não seja justo, pode ser que eu carregue demais nas tintas. No dia a dia Murilo é de uma delicadeza rara, mas defende com garras e dentes seus pontos de vista.

Com Murilo também posso falar dos estranhos, que tenho voltado a ver com frequência nos últimos dias. Depois de me ouvir comentar mais uma vez sobre os estranhos, ele disse:

– Já ouvi falar de estranhas luzes pros lados de São Tomé.

Fiquei curiosa.

– Luzes? Que luzes?

– O povo diz que são luzes no céu, de noite. Discos voadores, naves, essas coisas.

O povo de São Tomé diz que a região, há anos, serve de pouso para ETs. É claro que jamais acreditei nisso, aquela gente tem tendência a inventar demais, é a maneira que encontram para tornar a cidade deles mais atrativa, recebendo assim mais turistas.

Já minha mãe, discípula de Kardec, tinha outras ideias:

– Podem ser espíritos. Quem sabe não vieram nos ajudar, apontar caminhos, dar algum ensinamento? Você não disse que são loiros e brancos? São espíritos de luz, filha. Anjos do Senhor...

Balancei a cabeça:

– Não, mãe. Eles não parecem perceber a minha presença. Se tivessem vindo nos dar algum "ensinamento", como a senhora diz, não falariam comigo? E por que só eu tenho a sorte de ver eles? – Minha mãe esboçou uma explicação, mas eu a cortei, irritada: – E não me venha de novo com essas histórias de que sou médium! A senhora já os viu por aí?

Minha mãe balançou a cabeça em sinal negativo, perplexa.

– Pra senhora ver... E olha que hoje de manhãzinha um deles passou bem ali atrás, pertinho do córrego.

Minha mãe teve um arrepio, se benzeu toda, foi acender uma vela para as almas. Estevão, ao seu modo, também me fornece possibilidades:

– Já pensou que podem não ser extraterrestres? Já imaginou que podem ser *intraterrestres*?

– Intraterrestres? Como assim?

Nunca tinha ouvido a palavra. Estevão socou um pouco mais de fumo no fornilho do cachimbo, o olhar concentrado, depois explicou:

– Lá pelas bandas do Moinho Velho não existem cavernas? Pois então: pode ser que os seus estranhos, que tanto a fascinam, venham de *dentro* da Terra e não de fora dela.

As cavernas do Moinho Velho são famosas na região, Murilo

de vez em quando ganha algum dinheiro servindo de guia para especialistas que vêm de fora só para estudar o ecossistema que contêm ("es-pe-le-ó-lo-gos", me disse um dia, afetando um ar muito inteligente), mas a explicação de Estevão, dada daquele seu jeito meio a sério, meio jocoso, não me satisfez: era parecida demais com o enredo de um dos livros de ficção científica que ele gosta de ler. Estevão tem as obras completas de Jules Verne, as de H. G. Wells, é fã de um autor português que escreve bizarras histórias passadas em mundos esquisitíssimos. "O maior autor de ficção científica em Portugal", me disse ele com ar reverente, exibindo orgulhoso, as cartas que têm trocado com o tal português. Tentei ler certa vez uma de suas histórias, mas fiquei chocada demais, uma coisa muito estranha, sobre Disneys e Dumbos. A sugestão de Estevão não me convenceu, não acredito em ilhas do Dr. Moreau, em léguas submarinas, guerras de mundos ou cidades subterrâneas. É tudo muito divertido para ser verdade: a realidade não tem a menor graça.

Nenhuma das sugestões me parecia plausível. A natureza dos estranhos permanecia desconhecida e, diante de tanta incerteza, eles poderiam até ser elfos de Valinor! Pensando bem, não poderiam: não tinham as orelhas pontudas dos elfos tolkianos. Nada mal, uma opção eliminada. O que me incomodava era não saber *exatamente* o que estava acontecendo. A pasmaceira da cidade, essa vida vivida em compasso de espera, estaria me forçando a ver coisas? Será que adiantaria tentar arranjar uma máquina fotográfica emprestada? Qual seria a minha reação se, ao clicar em um desses estranhos, a foto chegasse da revelação trazendo um bonito pedaço de terreno baldio sem nada além de mato, roupas a quarar e um muro carcomido ao fundo? No fundo, duvidava que minha imaginação tivesse alcance para me fazer imaginar criaturas tão diferentes. E, para ser sincera, nem me agradavam em especial: a beleza de Murilo mexia mais comigo.

Foi a beleza de Murilo, aliás, que precipitou tudo. Ele apareceu há três dias aqui em casa, banho tomado e todo cheiroso. Vinha me convidar para um piquenique. Minha mãe fez um muxoxo:

– Piquenique? Piquenique onde?

Murilo, que já desconfiou que minha mãe tem sérias restrições a seu respeito, explicou:

– Lá no Moinho Velho, perto das cachoeiras. Ganhei um bom dinheiro essa semana vendendo meus peixes. Além disso, também descontei um cheque do doutor Hoppe, aquele pesquisador alemão maluco que veio ver as cavernas...

Minha mãe não parecia muito satisfeita com o convite, mas Murilo foi ardiloso:

– Vai fazer bem pra ela, Dona Ana. Sua filha precisa sair um pouco, tomar uns ares, ficar socada dentro de casa espreitando os estranhos não é muito saudável...

Minha mãe teve de concordar. Mas, advertiu severa:

– Não quero que voltem muito tarde!

Não tive outro remédio senão aceitar o convite, que foi tratado entre minha mãe e Murilo, sem consultas à principal interessada. Me arrumei e partimos no Uno caindo aos pedaços de Murilo.

Ele tinha caprichado, não posso negar: no banco de trás repousava uma grande cesta de vime, coberta por uma toalha. Vinha um aroma delicioso lá de dentro, que fez meu estômago ronronar em agradável expectativa.

A região do Moinho Velho onde existem as cavernas é, talvez, a mais bela de nossa cidade. Fica quase nos limites dela, numa área ainda selvagem, com matas nativas, as "famosas" cavernas, e umas três ou quatro cachoeiras. Veículos não chegam muito perto delas porque o terreno, já ruim, torna-se instransponível. Tivemos de fazer uma parte do trajeto a pé. Murilo optou por ficarmos nas cercanias da Cachoeira do Inglês. O nome sempre me pareceu ridículo: tinha sérias dúvidas de que um súdito de Sua Majestade já houvesse botado seus pés na região. Mas o lugar era bonito, não se podia negar. Só a visão da cachoeira era suficiente para me fazer sentir uma alegria boa, simples e pura. O barulho da água caindo na piscina natural e o canto dos pássaros, a atmosfera úmida e fresca daquela hora da manhã, tudo contribuía para melhorar sensivelmente o meu humor. Comparados com essa beleza tão simples e tão concreta, os estranhos pareciam uma ideia muito distante, os fumos de um sonho, a imagem de um filme que não tem mais nada a ver com a realidade, após acesas as luzes do cinema.

Percebi logo as intenções de Murilo, por isso não posso dizer que o que aconteceu depois tenha sido inteiramente culpa sua, nem posso culpar o vinho que bebemos. Murilo tinha trazido duas garrafas, que deixou mergulhadas na água gelada da piscina natural da Cachoeira do Inglês por algum tempo, antes de servir a bebida. Esse era um dos hábitos que ele trouxera da cidade grande, o gosto por vinhos. Não pude, com malícia, deixar de apontar o fato: que, mesmo detestando a vida que vivera lá longe, ele não fora todo o tempo imune a ela. Murilo deu de ombros, de bom humor:

– O que posso alegar em minha defesa? Nem tudo foi ruim... Só a maior parte.

Murilo estava um pouco tenso, mas eu me sentia benevolente, inspirada pelo ar puríssimo, pelos pássaros que voavam por cima das nossas cabeças, pelo cheiro da mata úmida, a ponto de me sentir tolerante. Não estava acostumada a beber, mas provando o vinho fui sendo progressivamente tomada por uma tranquilidade suave, uma predisposição a ser simpática, o que reconheço não ser meu estado natural a maior parte do tempo.

Observei Murilo com mais atenção. Ele tinha tirado a camisa e era agradável aos olhos observar seus músculos ressaltados, fruto do trabalho como pescador. No peito forte, com finos pelos escuros, repousava uma correntinha com a imagem de Nossa Senhora Aparecida. Murilo era devoto da santa que se revelara a primeira vez aos pescadores. Tentei esconder o sorriso por trás do copo de vinho, religião era uma coisa que me fazia sempre achar graça. Uma das idiossincrasias da espécie, era como eu descrevia para mim própria. Mas o que me dava o direito de ser tão irônica, pretendendo me colocar à parte da maioria das pessoas? Devia haver ali alguma coisa poderosa, uma força qualquer, que fazia com que se sentissem bem. No final das contas, isso era tudo o que contava: sentir-se bem, reconfortado, feliz. Eu era, no entanto, imune àquilo.

Murilo, debruçado sobre a cesta, tirando potes, copos e pratos de seu interior, dispondo-os sobre a toalha estendida no chão, notou meu olhar, mas interpretou-o incorretamente:

– Viu como eu também posso ser um razoável dono de casa? Qualquer mulher me adoraria ter como marido, não acha?

Fixou seus olhos em mim, um sorriso sacana nos lábios.

– Tenho certeza de que você há de encontrar uma mulher que aprecie tudo que você tem para dar...

Murilo fechou a cara.

– Não quero achar mulher nenhuma, será que não dá pra enfiar nessa sua cabeça dura que já achei a mulher que quero?

Vai começar tudo de novo, pensei. Ensaiei o início de uma resposta, mas Murilo foi mais rápido: em dois segundos estava ao meu lado, se debruçando sobre mim, em cima de mim. O copo de vinho caiu da minha mão e foi parar dentro da piscina natural. O vinho espirrou no meu vestido (merda, minha mãe ia falar horas no meu ouvido!), o peso de Murilo me pegou de surpresa. Sua boca procurou a minha, suas mãos apertavam meus peitos, eu queria rir, mas não podia, era engraçado, eu não estava nem um pouco alarmada, aquilo já havia acontecido antes e em todas as outras ocasiões tinha conseguido afastar Murilo, a minha virgindade intacta e o seu orgulho de macho ferido. O que não tinha acontecido antes era eu sentir tanto calor, uma leveza boa. O cheiro do peito peludo de Murilo subia até minhas narinas e me parecia delicioso, aquele cheiro de macho, de suor limpo e de sol, o pau dele endurecia entre as minhas pernas, meu Deus, meu Deus, acho que vou ser empalada, eu queria rir, mas queria também lamber a língua do homem que estava por cima de mim, mas não seria assim tão fácil para ele, ah não, de jeito nenhum! Num movimento tombei Murilo sobre a toalha, pratos e copos e garfos se entrechocando, eu seria Lilith, eu ficaria por cima, se ele queria então seria em *meus* termos, eu não era uma caipira ignorante e submissa, eu era... o que eu era? Não tinha importância, eu era uma mulher, eu queria, eu queria, *o quê* eu queria? Sim, não, já não havia mais mãe, não havia mais barreiras, não havia mais senãos, eu queria, eu, o pau duro de Murilo dentro de mim, jorrando, me preenchendo, me satisfazendo, eu eu eu eu eu eu eu eu eu eu eu.

Murilo gozou, eu gozei, gozamos. Murilo jorrou seu leite dentro de mim e foi bom, tinha sido bom, eu sabia que seria assim a primeira vez, não sabia quando, mas sabia que, sim, não seria uma experiência traumática como tinha sido para tantas mulheres, e como o seria para outras tantas. Desde jovem eu tinha a certeza, desde quando havia começado a entender o mundo, que seria uma experiência prazerosa para mim, nenhum medo, nenhum temor, nenhuma dor.

Murilo estava chorando. Ele fazia esforço para não fazer barulho, a cara metida na cavidade entre meu pescoço e meu ombro, e estava chorando. Era felicidade? Alívio? Surpresa? Eram as águas muito tempo represadas que podem, finalmente, fluir livres. Tive pena dele, amei-o talvez pela primeira vez, sim, era o começo do amor, eu havia adiado demais o que no fundo era inevitável e tive pena de tê-lo feito esperar tanto. Só naquele momento entendi o quanto fora cruel, o quanto o fizera esperar, e que não tinha sido fácil para ele.

Eu ainda me sentia tonta, ainda me sentia girando – ou era o mundo que girava ao nosso redor? –, a soma das experiências do dia, eu sabia, precisariam ser digeridas, mil vezes recordadas, porque a primeira vez é sempre importante, seja como for.

Nem acordada nem dormindo, percebi quando Murilo se afastou do meu corpo e ouvi um "Vou mijar" balbuciado. Sorri de Murilo, o homem que era também, agora eu entendia, um menino. Estaria ele constrangido? Eu sabia que sim, que se sentiria dentro em pouco, que não me encararia nos olhos talvez pelo resto do dia, que voltaríamos em silêncio dentro do Uno, a cesta com o que sobrou da comida no banco de trás e a noite que se aproximava, porque aquilo também era novo para Murilo e ele teria de passar pelo período obrigatório de assimilação em que muitas perguntas ficariam girando como satélites em torno da sua cabeça, sem respostas fáceis.

*Doris*

Ouvi meu nome sendo pronunciado.

*Doris*

Apoiei-me no cotovelo e olhei em torno. Havia urgência na voz. Murilo precisava de mim?

Mas não era Murilo. De trás de uma árvore vi quando ele despontou. Era um *deles*. Olhava diretamente para mim, não havia a menor dúvida, e vinha em minha direção.

*Doris*

A palavra não saía da sua boca, mas era ele, sim, quem a emitia. Em segundos, estava junto de mim. Não havia como esboçar qualquer gesto. Ele ajoelhou-se ao meu lado e os olhos azuis, duas águas-marinhas alienígenas, olharam dentro dos meus e, então, pela segunda vez nesse dia, eu caí.

Era uma queda, eu queria gritar por Murilo mas não podia, pois também queria, finalmente, entender. O estranho era como todos eles: loiro, de pele excessivamente branca, cabelos compridos, os olhos azuis duas gemas puríssimas, e ele me chamava:

*Doris*

Fui eu quem esticou a mão e tocou nele. Resistência. Solidez. Era carne, mas diferente da minha própria. Talvez liberado pelo meu toque, o estranho deitou-se ao meu lado. Os olhos o tempo todo nos meus (me senti como o passarinho mesmerizado pela serpente), passou os braços sobre meu corpo ainda nu. Toque. Carne fria. A sensação estranha da pele de uma osga, gelada e seca. Os estranhos eram mais frios do que nós, anotei em algum lugar da minha mente, um dado para o futuro, enquanto olhava pela primeira vez o rosto de um deles assim tão de perto. A boca mantinha-se fechada, um fino traço horizontal onde mal se percebiam lábios, Teria ele uma língua bifurcada de serpente?, me perguntei curiosa, os olhos do estranho capturando os meus.

Como num sonho, me curvei e beijei sua boca. No início, não ouve reação. Pouco a pouco, o estranho entreabriu os lábios e uma língua áspera como a de um gato tocou a minha. Era como beijar uma criatura que não era humana, pensei, mas o que isso queria dizer? O estranho era como todos os homens... Não, eu não tinha certeza. Então, pela segunda vez naquele dia, seria Lilith. O estranho estava deitado de costas, a cabeleira loira espalhada em torno da cabeça (os fios eram duros, menos dóceis do que os do cabelo de um humano), então foi fácil passar uma perna por sobre seu corpo e montá-lo como se monta um cavalo.

Sim, sim, ele era como todos os homens. Havia um pênis, que se intumescia. Para todas as finalidades práticas, um homem. O que eu estava fazendo? Não havia tempo para me questionar, para parar e analisar passo a passo o que se desenrolava. O estranho parecia tão jovem, mas eu sabia que aquela aparência de juventude era enganadora. O que sabia eu de fato?

O estranho estava nu. Como, se há um minuto estava metido naquela túnica engraçada que lembrava Grécia, que lembrava civilizações antigas? O pênis era maior do que o de um homem normal, e frio. De novo a sensação de uma osga correndo sobre a minha pele morna. Com um movimento rápido ele me penetrou e, sem tirar os olhos de mim, me preencheu.

Mergulhei.

Imagens. Muitas imagens. Nasciam de mim, da minha imaginação, ou pertenciam a *ele*? Não havia espaço para perguntas. Imagens em demasia, imagens quase dolorosas que me exigiam toda.

*Um planeta com duas luas no céu e um sol distante, vermelho como um olho doente.*

*Doze estranhos sentados imóveis em tronos de vidro numa sala de teto muito alto.*

*Naves interestelares cruzando as vastidões da nossa galáxia. Naves como gotas líquidas de prata, capazes de assumir diversas configurações, capazes de se unir numa rede formando uma nave maior. Naves sendo* vestidas *pelos estranhos.*

*Animais aquáticos diferentes de todos os que haviam na Terra, nadando num mar verde da cor do musgo e mais viscoso do que a água jamais poderia ser.*

*Cidades de vidro entrevistas à distância, no horizonte.*

*Bebês dos estranhos nascendo de sementes como se fossem úteros, tão semelhantes aos bebês humanos, chorando, mamando, dormindo, defecando.*

*Um céu vermelho, um céu estranho, um céu coalhado de gotas líquidas de prata que partiam em todas as direções, num adeus silencioso.*

Tudo isso eu vi e muito mais.

Muita coisa que já esqueci, embora meu encontro com o estranho tenha se dado há apenas três dias. Num segundo o estranho estava lá, dentro de mim, sob mim, sobre mim e, de repente, tinha-se ido.

Cochilei.

Ouvi passos. Era Murilo voltando. Mais tarde ele me assegurou não ter demorado mais do que um minuto.

Sonhei? Permaneço sem respostas. O estranho – se existiu – só me trouxe mais dúvidas. Fui mesmo fêmea para dois machos num só dia? Teria imaginado tudo graças ao vinho?

Murilo me pediu hoje cedo em casamento. Respondi que não, que não me casaria. Mas que, se ele quisesse, poderíamos compartilhar nossas vidas, morando juntos. Sei que será um choque para minha mãe, mas sou uma mulher livre. Não me submeto a homem nenhum, nem mesmo sob pressão de uma religião qualquer.

Murilo não terá alternativa a não ser aceitar a minha proposta. Ainda mais quando ouvir o que tenho a lhe contar. Quando souber a boa-nova.

Três dias são um tempo muito curto, mas tenho certeza.

Murilo vai ficar radiante, Murilo não se conterá de tanta felicidade.

Um filho. Uma criança. Uma criatura dele, seu fruto.

Estou à janela agora e é de madrugada. Posso escutar o velho Estevão murmurando sozinho no apartamento ao lado. Deve estar lendo, curvado sobre um dos seus preciosos volumes, o dedo nodoso sobre uma linha, deslizando enquanto os olhos cansados seguem os sinais negros sobre a página alva. O velho Estevão terá parte importante nessa gestação, seus conhecimentos médicos serão certamente convocados.

Passo a mão de leve sobre o ventre. O frio gelado da noite invade o quarto, mas a sensação é boa. Ar fresco. Não há a menor dúvida. Com uma lucidez que nunca tive antes, que adquiri há apenas três dias, uma espécie de clarividência, sei que a criaturinha flutua em meu útero como uma baleia no mar. Está aqui, posso senti-la. Uma presença surda, mas pulsante.

Não é uma sensação desagradável. No final, todos sairão felizes: minha mãe terá seu neto. Murilo, mulher e filhos.

Tento afastar da lembrança as imagens do sonho que tive há pouco e que me despertaram abruptamente, me fazendo permanecer parada diante da janela, observando o negrume lá fora e tentando respirar devagar:

O bebê em meu útero, já quase pronto para ser tirado, para vir para fora viver sua vida sobre a Terra. De repente ele parece sentir minha presença, perceber minha observação, então agita-se, gira a cabeça em minha direção e abre os olhos. São dois olhos azuis da cor da água-marinha, como duas gemas de cristal puríssimo, frios e alienígenas, com um milhão de anos, que se fixam curiosos e calmos em minha direção, a me dar boas-vindas.

# Flor do Trovão Jorge Candeias

Flor do Trovão nasceu quando o trovão se enrolava nos picos das montanhas, ao terminar um dos primeiros dias depois do inverno. Quebrou a casca do seu ovo no instante preciso do relâmpago e assomou a ponta da primeira garra logo após o estrondo. Começou assim a sua lenda. No dia seguinte já todo o povo *tuu* sabia do seu nascimento. Flor do Trovão nasceu célebre e cresceu célere, pois de todos os recantos das montanhas chegavam oferendas, todos os tipos de alimento, sempre da melhor qualidade. Flor do Trovão nunca passou mais do que um breve momento de fome e desenvolveu-se, saudável e bem alimentada, até se tornar maior e mais forte do que qualquer outro *tuu*. Olhá-la era um regalo e os privilegiados que tinham a sorte de tocá-la voltavam para as suas tocas com a felicidade estampada nos opérculos.

A profecia era clara: um dia nasceria uma fêmea *tuu* quando um só sol pairasse sobre o horizonte e o trovão se enrolasse nos picos das montanhas. Nasceria entre o relâmpago e o estrondo, e teria uma vida abençoada pelas deusas. Seria ela a primeira a atravessar a névoa dos miasmas, que empurra o ar para fora das covas respiratórias, sendo assim a primeira a encontrar o caminho para sair das montanhas. Aquela que Sai, seria o seu nome secreto, dito apenas em surdina, murmurado de abdômen em abdômen. E seria ela quem, finalmente, lideraria o povo *tuu* na longa viagem de que falavam todas as lendas, a longa viagem até a terra que, também segundo as lendas, fica para lá do mar de névoa.

A vida era dura nas montanhas. Havia doenças, havia tempestades muito fortes que levavam consigo tudo aquilo em que conseguissem prender as suas garras de vento, havia secas, havia os *koo* e os *tnee*, que montavam emboscadas nos recantos dos penhascos mais alcantilados e devoravam tudo o que conseguissem trincar, havia a névoa dos miasmas, que por vezes subia as ladeiras menos inclinadas dos vales e ficava por lá, pairando, até que a luz dos dois sóis a fazia retirar-se, deixando para trás, tantas vezes, os cadáveres dos *tuu* que não conseguissem fugir a tempo. Havia então que disputá-los aos *kráá*, e os *kráá* eram umas bestazinhas viciosas.

E havia os terríveis invernos das montanhas, quando um dos dois sóis morria e era devorado pelo outro. Era um fenómeno necessário, bem se sabia, pois só assim o sol que era alimentado poderia gerar um novo sol algum tempo depois, mas o preço que os *tuu* pagavam pelo ciclo de nascimento e morte dos seus sóis era terrível. Pior que terrível. Era a única altura em que a névoa dos miasmas parecia desistir de subir as montanhas, mas isso de nada servia, porque estas ficavam cristalizadas numa capa de gelo, que parecia chegar de todos os lados ao mesmo tempo, depressa demais para se conseguir escapar. E, oh, sim, muitos tentaram. Nenhum regressou.

Nesses invernos, *tuu* que não se encasulasse, morria. Era tão simples como isso. E muitos dos que se encasulavam morriam na mesma, se não fossem capazes ou não tivessem tempo de tecer o casulo perfeitamente, se deixassem falhas, portas entreabertas por onde o gelo conseguisse entrar. E os *tuu* tinham plena consciência de que as coisas eram assim. Aldeias inteiras faziam os seus casulos numa tristeza sem nome. As montanhas já cheiravam a saudade mesmo antes do inverno começar, tanto era o odor de medo e mágoa que os *tuu* exalavam nessa época. Depois o cheiro congelava, como todo o resto, e como quase todo o resto descongelava no fim do inverno quando os sobreviventes saíam dos seus casulos e olhavam com espanto os que não saíam. Havia sempre espanto, sempre. Nunca ninguém teve bem a certeza se ele vinha de se estar vivo, se de os outros não estarem.

Sim, a vida era dura nas montanhas. E por isso, nas lendas *tuu*, havia sempre alguém que delas saía e encontrava para si paisagens mais amenas. A maior dessas lendas falava da vida de Aquela que Sai.

Flor do Trovão.

A que nasceu no fim do inverno, quando o trovão se enrolava nos picos das montanhas e o ar cheirava a saudade.

Flor do Trovão cresceu ignorante. Sabia que tinha mais que os outros *tuu*, mais um pouco de todas as coisas. Sabia que a sua vida era diferente, mas nunca perguntou a ninguém, nem mesmo a si própria, porquê.

Para ela, era natural. Cresceu pensando que as coisas eram assim porque assim tinham de ser, que ela era o que era e os demais estavam apenas no mundo para servi-la, alimentá-la e resolver-lhe os problemas. Só quando ultrapassou toda a gente que conhecia quer em peso quer em altura, ficando diferente de uma forma diferente, não mais aquela pessoa pequena porque jovem, à espera que o tempo passasse e o crescimento se completasse, só então começou a fazer perguntas a si própria. Seria ela também uma *tuu*? Pertenceria mesmo àquele povo? O sangue branco dos que a rodeavam seria igual ao seu próprio sangue branco? *Realmente* igual?

Sempre confiara no espelho das águas para lhe dizer quem era, mas agora o espelho em vez de responder levantava mais perguntas, muitas perguntas. E se afinal não fosse uma *tuu*, se fosse outra coisa, um ser à parte, talvez especial? Poderia confiar nos *tuu*? Nos *outros tuu*? Poderia fazer-lhes perguntas e confiar nas respostas que eles fornecessem a essas perguntas?

A partir dessa altura, Flor do Trovão andou ensimesmada. Não falava, pouco comia, isolava-se no topo do seu penhasco favorito, de onde podia ver duas aldeias e um mar de névoa dos miasmas, ao longe. Dali, assistia às idas e vindas dos seus dissemelhantes e pensava, em silêncio.

Todos os dias vários *tuu* iam procurá-la e tentavam entabular conversa, exalando odores suaves e calmantes. Mas Flor do Trovão mantinha o opérculo fechado, desconfiada, e raramente respondia.

Nas aldeias, os *tuu* inquietavam-se. As conversas só tinham quatro temas, os três do costume e um novo: o alimento, a névoa dos miasmas, o próximo inverno e Aquela que Sai. E, a pouco e pouco, o último tema foi-se sobrepondo aos outros três até quase monopolizar todas as palavras trocadas nas aldeias. Pois, se bem que a princípio se tivesse pensado que aquele isolamento iria ser passageiro, à medida que o tempo passava e nada mudava os sussurros foram passando a ter um tom mais agudo, mais preocupado. Tentando compreender o que se passava com Flor do Trovão, os *tuu* desenvolveram opiniões diversas e desencontradas, e foram deixando a pouco e pouco de se compreender uns aos outros, embora a opinião mais popular (ainda que em múltiplos cambiantes) fosse a de que talvez se estivesse perante uma qualquer metamorfose, uma tomada de consciência, enfim, qualquer coisa que levasse a jovem a transformar-se, de fato, em Aquela que Sai.

Mas o grande pomo de discórdia era se se devia ou não falar-lhe das lendas.

Sim, nunca ninguém contara a Flor do Trovão as lendas do seu povo. Ela não frequentara o centro de ensino com os outros jovens e, como ninguém teve algum dia a certeza de saber como dizer àquela jovem que, segundo as lendas, era predestinada, foi-se adiando esse momento e, de preferência, para algum outro *tuu* mais atrevido, corajoso ou sabedor. E havia, também, a ideia de que o conhecimento da profecia poderia de alguma forma influenciar a sua concretização. E os *tuu* não queriam de forma nenhuma que a profecia não se concretizasse. A vontade de sair das montanhas era demasiado forte.

Mas agora...

O impasse prolongava-se. Flor do Trovão pouco comia e ia emagrecendo, ao mesmo tempo em que a preocupação do seu povo aumentava e as suas discussões iam azedando e subindo de tom. De murmúrios passou-se a latidos, destes chegou-se aos rosnidos e até mesmo aos grasnidos inarticulados, sinal claro de raiva. Quanto a Flor do Trovão, mantinha-se alheia ao que se passava, encerrada que estava nos seus próprios pensamentos desencontrados. Foi só quando o som agudo dos grasnidos se elevou o suficiente para ecoar nos picos das montanhas que começou a aperceber-se de que qualquer coisa de invulgar se passava. Mas nada fez, claro: não devia ser coisa que lhe dissesse respeito. Que tinha ela a ver com os assuntos dos outros? Nada.

Até que chegou um dia em que foi acordada por um concerto de rosnidos que lhe soaram muito próximos e muito irados. Levantou-se e debruçou-se do seu penhasco, com a curiosidade despertada. Lá em baixo, junto à curva do rio, dois grupos de *tuu* dançavam um contra o outro, mostrando os pelos das costas, eriçados em afronta. Flor do Trovão instalou-se na beira do penhasco, a assistir, um pouco divertida, um pouco curiosa, enquanto os dois grupos iam passando lentamente da dança ritual à violência. Um dos grupos era mais numeroso, mas como o outro parecia mais determinado, a luta foi equilibrada e só terminou quando o vermelho da relva se tinha tornado cor de rosa com o sangue derramado, e começavam a chegar *kráá* de todos os lados para disputar os corpos dos feridos aos grupos em confronto. Estes gastavam já mais tempo e energia a manter os necrófagos afastados dos seus companheiros caídos do que a combater os adversários. Flor do Trovão não gostava dos *kráá*. Nisso era igual a todos os outros *tuu*, e sabia-o. E quando viu um dos combatentes ser arrastado, debatendo-se em vão, por um dos animais, desgostou-se com o espectáculo e regressou ao seu recolhimento, fechando todos os sentidos ao burburinho.

Só soube que a contenda tinha tido um desfecho qualquer quando, no dia seguinte, viu aproximar-se do seu penhasco uma grande comitiva, encabeçada por dois *tuu* muito feridos, repletos de manchas esbranquiçadas, que se apoiavam um ao outro para conseguirem vencer o caminho que levava até ali.

Ao chegarem, explicaram que eram os dois chefes dos grupos que se tinham confrontado na véspera, no sopé do penhasco, que da luta tinha saído um deles vencedor, que por esse motivo as suas ideias seriam postas em prática e que isso significava que tinham uma coisa muito importante a dizer a Flor do Trovão o que, se fosse possível, queriam fazer imediatamente.

Flor do Trovão não respondeu, mas sentou-se, deixando claro que tinha ficado curiosa e que aceitava ouvir o que aqueles dois lhe queriam dizer. Os dois *tuu* instalaram-se perto dela, murmurando de dor, imitados pela multidão que, entretanto, continuava a chegar e se tentava apinhar o melhor possível em todas as reentrâncias que a rocha proporcionava.

E depois lhe contaram as lendas.

Todas as lendas.

Demorou o resto daquele dia, o dia seguinte inteiro e ainda parte do outro a seguir. Não que houvesse assim tantas lendas para contar, nem que alguma fosse muito comprida, mas quando compreendeu que algumas daquelas histórias talvez lhe dissessem respeito, Flor do Trovão abandonou o seu mutismo passivo e começou a fazer perguntas. Muitas perguntas.

Quando, por fim, Flor do Trovão esgotou as perguntas e os outros esgotaram as respostas, o silêncio desceu sobre o penhasco, instalando-se como uma capa de veludo sobre cada pedra. Por essa altura, já eram poucos os *tuu* que resistiam por ali: eram histórias que já todos conheciam, e o interesse que a reação de Aquela que Sai despertara, escoara-se quando se tornara claro que seria só composta por perguntas. Agora, ao chegar o silêncio, debandavam também os últimos resistentes e Flor do Trovão ficou só, acompanhada apenas pelos dois líderes, numa imobilidade interrompida de vez em quando pelo fluxo de oferendas que recomeçava.

Passou-se de novo muito tempo, vários dias.

Nos vales, as conversas terminavam sempre na mesma pergunta, envolta em esperança e angústia: que vai decidir Aquela que Sai?

À mesma pergunta procurava Flor do Trovão dar uma resposta.

Sentia-se ainda mais confusa que antes, pois se por um lado a vida que vivera até ali fizera finalmente sentido, se enfim compreendera exactamente quem era e qual o seu lugar no grande esquema das coisas, a verdade é que a sensação de ter uma responsabilidade sobre o dorso era inteiramente nova e não sabia bem como reagir.

Mas a indefinição não podia prolongar-se para sempre. Os dois *tuu* que tinham ficado consigo começavam a fazer perguntas sutis, a insistir, cheios de tato, que o seu povo esperava uma resposta sobre se iria ou não ter mesmo um líder que o levasse para fora da montanha.

Flor do Trovão finalmente decidiu. Ela *era* especial. Não tinha dúvidas quanto a isso. E, portanto, se a profecia falava num alguém especial que era capaz de levar os *tuu* para outro lugar, esse alguém só podia ser ela.

"Está bem", acabou por dizer.

Houve festa nas montanhas. Ao longo de vários dias, de todos os recantos saíam trinados de conjunto, enquanto os *tuu* se preparavam para abandonar as suas casas e enfrentar a névoa dos miasmas em busca de um lugar mais suave onde viver.

Flor do Trovão escolheu um dia e um local como ponto de reunião. O dia, era um dos dias de festa do calendário do seu povo. O local era um vale, plano e amplo, mas bastante inclinado, que era regularmente invadido pela névoa dos miasmas e desembocava perpetuamente no mar de névoa. Dali, a névoa só se retirava quando o inverno ia chegando, e era da que viam nos poucos dias que mediavam até que o gelo invadisse as montanhas, que os *tuu* sabiam que lá embaixo havia um outro vale que se cruzava com aquele, do outro lado do qual o terreno subia de novo muito, muito lentamente, ao longo de uma longa distância, para aquilo que poderia ser um planalto, situado para lá do horizonte.

No dia escolhido, a névoa apresentava-se revolta. Os ventos que sopravam no vale agarravam nela e enrolavam-na em espirais que percorriam trajetos imprevisíveis e iam desfazer-se nas paredes do vale.

Os *tuu* reuniram-se no topo do vale, olhando a névoa venenosa com o medo a causar-lhes espasmos nos opérculos.

Flor do Trovão, já inteiramente compenetrada da sua nova condição e do seu novo papel enquanto Aquela que Sai, passeou entre a multidão, deixando-se tocar, acalmando-a, dando-lhe alento. Exalava o cheiro mais doce que algum *tuu* tinha algum dia exalado, murmurava-se, e o seu povo deixou-se enfeitiçar por esse odor. E foi conduzido por ele que foi avançando devagar na direcção do fundo do vale.

Nem todos, no entanto. Um pequeno grupo de *tuu*, talvez aqueles que nunca se tinham deixado convencer inteiramente de que Flor do Trovão era mesmo Aquela que Sai, ou os que não acreditavam por inteiro na realidade da profecia, foram-se deixando ficar para trás, e quando os primeiros pseudópodes da névoa tatearam os cascos da multidão, partiram de regresso às suas casas, confusos, desapontados e tristes, sem saber bem se deviam ter orgulho na sua independência de espírito, se desprezo pela sua covardia.

Mas esses não passavam de uma pequena minoria, e os outros foram avançando pela névoa dos miasmas adentro, seguindo uma Flor do Trovão que agora avançava com resolução. Fosse por causa dos movimentos de ida e vinda normais da névoa que, por coincidência, acompanhavam os movimentos de Flor do Trovão, fosse porque Aquela que Sai tinha realmente o poder de controlar a névoa, como pretendiam algumas interpretações mais literais da profecia, o certo é que os farrapos brancos do veneno se iam retirando quase tão depressa como Flor do Trovão avançava pela névoa adentro.

Ao ver aquilo, a multidão encheu-se de alegria e todas as dúvidas que, apesar de tudo, ainda permaneciam em muitos espíritos, dissiparam-se num mar de trinados. Em breve, apesar das pernas mais longas de Flor do Trovão, era esta que era empurrada em frente pelo seu povo, mais do que liderava o seu avanço, também incentivado por um vento razoavelmente forte que soprava do topo do vale.

A névoa, entretanto, acumulava-se na frente dos *tuu*, alcantilando-se em contrafortes com uma altura considerável. Era como se uma montanha de vapores tivesse decidido rivalizar em altura com as montanhas de pedra que ladeavam o vale, apresentando o seu branco amarelado como arma contra o cinzento pintalgado de vermelho dos penhascos.

Foi então que o vento parou. Nesse momento, a névoa começou a desabar sobre Flor do Trovão e os seus companheiros, empurrando o ar para fora das covas respiratórias e arrancando da multidão um grasnido coletivo de susto.

Os menores, os mais magros, os mais fracos tombaram muito depressa. Depois, alguns já mortos, outros ainda vivos, foram espezinhados por uma multidão que num instante se esqueceu de toda a alegria e recuou em massa e em pânico, abandonando amigos e conhecidos, abandonando Flor do Trovão, que gritava, ainda convencida de ser capaz de ultrapassar a névoa, ainda imbuída da certeza de ser Aquela que Sai, tentando incutir aos outros uma confiança que ainda não começara a fugir-lhe.

Em vão. A debandada foi geral, deixando para trás os restos irreconhecíveis dos espezinhados, cadáveres de onde o sangue branco saía em golfadas.

Mas aquela fuga precipitada teve pelo menos o condão de poupar Flor do Trovão à visão completa do desastre. Um a um, dez a dez, cem a cem, todos os *tuu* caíram, sufocados, estrebuchando num chão onde espécies de ervas que não conheciam tentavam resistir aos seus movimentos descoordenados, até ficarem imóveis em posições contorcidas, e sempre, sempre, sempre, com as covas respiratórias abertas quase até à destruição dos esfíncteres. Flor do Trovão foi a última a cair, mas nada viu, porque não chegou a fugir como os outros e porque a névoa se fechou à sua volta como um túmulo amarelado.

Só quando começou a perder o controle dos esfíncteres compreendeu que a profecia não se iria realizar. E à medida que o corpo ia tomando conta dos seus reflexos, numa busca sem esperança por ar, empurrando a consciência para o interior mais profundo do seu cérebro, Flor do Trovão foi mudando a sua maneira de olhar para si própria até chegar, de novo, à incompreensão. Morreu de novo em busca de resposta a uma pergunta que colocara a si própria muitas vezes no passado:

"Quem sou eu, afinal?"

# O TOQUE INVISÍVEL **ALEXANDRE HEREDIA**

O último a chegar para a reunião foi o vice-presidente. Entrou na sala vociferando ao celular, ignorando o resto dos presentes. Sentou-se, deu mais duas ordens e desligou a ligação. Somente então cumprimentou os diretores.

– Miguel – disse seu gerente, sentado na cadeira mais próxima, tão ignorante dos motivos da reunião quanto o resto. – Pode começar.

Miguel estalava nervosamente os dedos. Desde criança ficava tenso quando precisava falar em público, e era por essa razão que havia escolhido trabalhar na área técnica, ao invés de seguir uma carreira mais comercial. Mas sabia que em certos momentos isso era simplesmente inevitável.

– Só um momento – respondeu, numa voz quase sumida. – Há algo que preciso fazer antes...

Um murmúrio coletivo de desaprovação tomou o ambiente. Eram pessoas ocupadas e não sabiam exatamente o que estavam fazendo ali. Ciente da urgência, Miguel digitou rapidamente algo em seu *notebook*. Logo em seguida, o ramal da sala tocou. Todos se entreolharam, desconfiados.

– Por favor, atendam – pediu Miguel. – Liguem o viva-voz.

Ninguém se prontificou, temendo ser envolvido em alguma exibição circense ou armadilha técnica. O ramal tocou mais duas vezes antes que o vice-presidente apertasse o botão do aparelho, impaciente.

– Bom dia senhores – falou uma voz feminina pelo alto-falante, macia e clara como a de uma locutora de aeroporto. – É um prazer conversar com vocês. Olá Miguel.

– Bom dia, Phoebe. Senhores, gostaria que conhecessem Phoebe, uma... colega. Ela irá participar desta apresentação...

– Phoebe de onde? – interrompeu o vice-presidente. – Pelo que eu saiba, esta reunião deveria ser apenas para pessoal interno...

– Phoebe é o motivo pelo qual eu convoquei esta reunião. Ela... bem, ela pode ser considerada como uma funcionária, eu acho...

– Você está gaguejando de novo, Miguel – Phoebe disse, em um tom afável. – Acalme-se. Se quiser, posso explicar tudo por você...

– Não, pode deixar – interrompeu-a o analista, se recompondo o máximo que podia. – Peço que confiem em mim, por enquanto. Verão que a presença de Phoebe será essencial para o esclarecimento dos fatos.

Todos os gerentes e diretores se voltaram indecisos para o vice-presidente. Ele fez um sinal sutil com a cabeça, mas o cenho franzido e o olhar desconfiado demonstravam que a concessão era apenas parcial, por isso Miguel prosseguiu.

– Muito bem. Todos aqui tomaram conhecimento dos problemas que tivemos recentemente com nossa rede. Invasões, arquivos desaparecidos, dados vitais modificados, etc...

– Vai me dizer que você sabia o que estava acontecendo e não nos disse nada? – perguntou o diretor de infraestrutura. Havia sido ele quem tinha passado noites e noites em claro tentando encontrar o responsável pelas invasões, quase perdendo o emprego e o casamento por conta disso.

– Eu... Não, eu...

– Miguel não sabia de nada – interveio Phoebe, pelo telefone. – Suspeitava, sim, mas não sabia. Ele confiava em mim.

– Phoebe...

– Não há motivo para vergonha, Miguel – continuou ela, com sua voz macia.

– Espera aí, que história é essa? – intrometeu-se o vice-presidente, finalmente interessado. – Essas invasões nos custaram rios de dinheiro, sem falar do desgaste da confiança de nossos clientes. Se você tem alguma informação a esse respeito, sugiro que fale agora, rapazinho!

Miguel sentiu um suor frio escorrer por sua testa e seu estômago revirou. Sabia que isso iria acontecer, sabia! Deveria ter enviado um *e-mail*. Agora, com todos na sala olhando para ele, as palavras desapareciam em sua garganta seca. Mas não conseguiria formular uma explicação, mesmo que tivesse serenidade para tanto. A história toda era fantástica demais!

– Eu fui a responsável pelas invasões, senhor vice-presidente – adiantou-se Phoebe, antes que Miguel conseguisse ordenar as ideias.

Todos, com exceção do vice-presidente, olharam para o aparelho como se ele fosse uma pequena pessoa sentada na mesa. Já o vice-presidente olhava para Miguel com firmeza, seus dedos quase entortando uma caneta que deveria valer mais que o salário do analista.

– Explique-se – ordenou.

– Bem...

– Eu estava curiosa – interrompeu novamente Phoebe. – Queria ver como era sua estrutura tecnológica. A propósito, seus servidores estavam uma confusão completa, por isso decidi fazer uma pequena faxina. Havia dados redundantes ocupando espaço útil. Já providenciei a elaboração dos *backups* e a remoção deles do disco. Isso evitaria a compra de mais recursos de armazenagem, como já está programado. Falando nisso, a área de compra de suprimentos é o câncer de sua empresa. Estão comprando material em excesso em algumas áreas, enquanto há falta de materiais primários em outras. Fora o desvio de papel e cartuchos de tinta, que é flagrante...

– O que é isso? – gritou o gerente de suprimentos, visivelmente abalado. – Quem é essa mulher e que direito ela tem de meter o bedelho em nossos registros?

– Desculpem – disse Miguel. – Phoebe é meio enxerida e frequentemente fala demais...

– É uma *hacker*, não é, Miguel? Rapaz, você está metido em uma grande encrenca!

– Não é nada disso – tentou defender-se, mas a frase saiu com menos convicção do que ele gostaria. – Phoebe não roubou nada. Ela apenas mexeu um pouco nos arquivos. Verão que os dados que julgavam perdidos na verdade foram realocados e reorganizados de maneira inteligente. Ela não fez mal algum...

– Não fez mal algum? Ela teve acesso a dados estratégicos vitais! Como sabemos que podemos confiar nessa tal de Phoebe, se é que ela se chama realmente assim?

– Não podemos. Eu achava que a tinha sob controle, mas obviamente me enganei. Phoebe é autossuficiente.

– Sob controle? Seu idiota! Não acredito que você caiu no conto dessa vigarista!

Miguel não conseguiu contra-argumentar a acusação do alterado gerente e baixou a cabeça. A sequência de insultos poderia continuar indefinidamente, mas o vice-presidente se ergueu da cadeira, mandando o gerente se calar.

– Sob controle? – perguntou, quando os ânimos se acalmaram um pouco. – Autossuficiente? O que você está querendo nos dizer?

– Bom, eu... Não é o que vocês estão pensando... Phoebe, bem, Phoebe é... Como posso dizer?...

– Eu sou um programa – disse a voz no aparelho, em um tom simpático.

O pandemônio em que havia se transformado a reunião de repente se transformou em um silêncio perplexo. Phoebe era um programa? Como era possível? Todos já tinham ouvido vozes sintéticas antes, mas a voz no aparelho era natural demais para ter sido fabricada. Mesmo assim, ninguém ousava contradizer a informação, pois ninguém na sala sabia se tinha conhecimentos suficientes para uma contra-argumentação razoável. O único rosto sorridente, ainda que estupefato, era o do vice-presidente.

Miguel apoiava-se na mesa, tentando se acalmar. Não queria sentar-se, temendo que o gesto fosse mal visto pelos gestores. Sentiu uma gota de suor escorrer da nuca para as costas, mas não se moveu. Era o momento da verdade. Não podia mais fugir das consequências.

– Miguel? – perguntou seu gerente, percebendo que o pobre analista estava à beira de uma crise nervosa.

– Eu estou bem. Por favor, se me permitirem explicar...

– Eu acho que você nos deve isso! – cortou-o o gerente de suprimentos.

O vice-presidente se adiantou e estendeu a mão aberta em sua direção, pedindo calma. Teria Miguel conseguido um aliado? Ainda era muito cedo para saber. E não podia parar agora.

– Phoebe nasceu de um projeto nosso, o Algoritmo Neural número cinco, que era destinado a incluir recursos de inteligência artificial em nossos produtos, lembram-se? Pois bem, apesar de todos os esforços do pessoal de desenvolvimento, o algoritmo original nunca deixou de ser apenas um recurso limitado, visto que os custos operacionais para um treinamento efetivo eram proibitivos...

– Treinamento da equipe? – perguntou outro gerente, que estivera calado até então.

– Treinamento da rede neural – o gerente de Miguel explicou. – Para cada tarefa, precisávamos estipular um mínimo de cinco mil interações isoladas até que a rede começasse a responder a contento. Era o calcanhar de Aquiles do projeto.

– E foi nesse ponto que eu entrei – continuou Miguel. – O processo precisava ser melhorado. A rede precisava ser treinada eficazmente com um mínimo de interações. Foi quando percebi que o projeto número cinco possuía uma falha estrutural que comprometia o treinamento. Sua rede neural era estática, limitada a um número específico de entradas e saídas, o que impossibilitava sua evolução e tornava o treinamento uma coisa complicada. Então implementei o algoritmo número seis...

– Estou perdido – confessou o gerente de suprimentos. – Essa baboseira técnica é incompreensível para mim. Como saímos de um projeto secundário para, para... esta coisa?

– Não há necessidade de ofensas, senhor gerente – disse Phoebe, sem perder o tom amável. – Posso não ser "carneware" como vocês, mas isso não significa que não possua sentimentos. E o senhor acaba de feri-los.

– Eu... Quero dizer, desculpe...

– Desculpas aceitas.

Miguel não conseguiu conter um sorriso nervoso. Phoebe era realmente terrível. Ela havia, sem dúvida, evoluído a um ponto que ele nunca imaginara ser possível para um programa, e foi inevitável sentir um certo orgulho egoísta pela sua obra.

– Vou tentar simplificar a explicação o máximo possível. Eu precisava criar um programa que fosse inteligente o suficiente para realizar as tarefas a que fora designado, e que ao mesmo tempo aprendesse o que fazer de maneira rápida e eficaz. E o programa número cinco era ineficiente nesse aspecto, o que o tornava inviável. Foi quando criei o número seis: uma rede autoajustável, maleável e independente, muito semelhante ao cérebro humano. A matriz de conhecimento não era mais limitada, mas completamente adaptável, crescendo de acordo com a demanda. Em suma, era independente de intervenções externas que fossem além de meros comandos do operador. O treinamento inicial era mais complexo que o da versão cinco, mas a partir de certo ponto ela começava a extrapolar as possibilidades de cada comando, elaborando um tipo de conclusão ao problema em poucos segundos. Esta conclusão nem sempre estava certa, e frequentemente tive que corrigi-la. Mas a mágica do processo estava lá: Ela aprendia com os erros e utilizava suas conclusões para corrigir outros problemas. Em pouco tempo, deixou de errar tanto.

– Como uma criança... – espantou-se o diretor de tecnologia, pai de três filhos.

– Exatamente. Como uma criança humana. Neste ponto percebi que havia criado algo extraordinário, que não poderia ficar limitado a tarefas prosaicas como um subproduto incorporado. Então arquivei o projeto seis como um fracasso e utilizei o algoritmo na criação de Phoebe.

– Que significa...

– Phoebe é a sigla para "Processador Heurístico Orientado a Eventos Baseados em Experiências".

O diretor torceu o nariz.

– Ele tem vergonha de assumir que assiste *sitcoms* americanas – Phoebe disse.

Todos riram, deixando Miguel sem graça.

– Está certo, confesso que inventei essa sigla para fazer sentido ao nome, e que ficou um pouco forçada, mas não deixa de estar correta...

– Por favor, prossiga – disse o vice-presidente, cada vez mais interessado.

– Bem, utilizando ferramentas de terceiros, dei voz a Phoebe, além de conhecimento da linguagem escrita, o que facilitou imensamente o treinamento. E foi durante uma conversa com ela que percebi que eu rapidamente poderia perder o controle de minha criação, visto que suas conclusões a respeito de assuntos morais eram inevitavelmente equívocas, e que sua mente lógica ainda não entendia conceitos subjetivos fundamentais como vida, morte ou tempo. Foi quando decidi criar um código de conduta para ela. Um simples arquivo estruturado, contendo afirmações básicas de cunho moral, além das premissas simples de nosso mundo. Nesse arquivo também incluí o que mais faltava a Phoebe: instinto.

– Instinto?

– Sim. Basicamente é o instinto que diferencia um programa de inteligência artificial de um ser humano. Nós nascemos repletos de informações básicas: respirar, pensar, reagir a estímulos externos, autopreservação, etc. Phoebe não possuía esses instintos, então coloquei informações básicas para sua existência neste arquivo.

– Isso é seguro? – o diretor de tecnologia perguntou.

– Não, não é. Phoebe já manipulava os arquivos de seu servidor ao seu bel-prazer. Alteração de estrutura era a função básica de seu sistema. Por essa razão, antes de treiná-la a utilizar o arquivo de premissas, incluí no próprio arquivo uma diretiva que se sobressaía sobre todas as outras: "O arquivo de premissas não pode ser modificado".

– Isso me parece um pouco ingênuo...

– Sem dúvida, se pensarmos em termos humanos. Mas no caso de Phoebe essa diretiva simplesmente a impedia de agir livremente.

Mesmo que eliminasse essa linha, entraria em conflito com a antiga versão do arquivo que estava carregada em sua rede e não poderia efetivar a mudança. Funcionou na ocasião, e julguei ter sido o suficiente. Phoebe aprendeu a utilizar o arquivo e aquilo se tornou parte dela. Em pouco tempo, ela já era uma forte candidata a passar no teste de Turing...

– Imagino que você vá explicar o que é este teste! – interrompeu novamente o gerente de suprimentos, com nítida impaciência.

– O Teste de Turing é um teste desenvolvido pelo matemático inglês Alan M. Turing para determinar se um computador pode ou não pensar como um cérebro humano – começou a explicar Phoebe, numa voz impessoal. – Na tentativa de abreviar o debate filosófico sobre como definir o que era "pensar", Turing desenvolveu um teste subjetivo para responder a questão: "Máquinas podem pensar?". Ele argumentou que se um computador age, reage e interage como um ser senciente, então deve ser considerado senciente. O teste consiste de um interrogador humano isolado e a ele é dada a tarefa de distinguir o humano do computador baseado em suas respostas a perguntas que propuser. Depois que uma série de testes é realizada, o interrogador tenta determinar qual sujeito é humano e qual é uma inteligência artificial. O sucesso do computador em pensar pode ser quantificado pela sua probabilidade de não ser identificado por um humano. Texto coletado da *Web Encyclopedia* e traduzido livremente por mim.

– Obrigado, Phoebe – Miguel disse, quase naturalmente.

– De nada.

– Pois bem – continuou Miguel. – Devido ao caráter sigiloso do projeto, decidi testá-lo internamente, utilizando estagiários em salas de bate-papo privadas, que em momento algum sabiam o que estava acontecendo. O teste inicial foi um fracasso. Até mesmo os programas mais antigos conseguiam obter melhores resultados que Phoebe. Mas eu sabia que isso era apenas o começo do treinamento, e que ela com certeza evoluiria se tivesse chance. Tendo descartado os estagiários, pois estavam viciados nos testes, decidi dar a Phoebe acesso irrestrito a *sites* abertos, onde ela poderia conversar com milhares de pessoas ao mesmo tempo. Esse foi meu erro...

– Foi a chave de minha liberdade, Miguel.

– Eu sei – suspirou. – Pensei que Phoebe iria se limitar aos bate-papos inocentes, e não levei em conta algo que ela já possuía antes mesmo de eu tê-la conectado à rede: curiosidade, como puderam comprovar, e criatividade. Ela rapidamente começou a assimilar todo tipo de informação que há na internet, e todos sabem quanto lixo há na *web*. Em poucas horas conectada ela já se comunicava em gírias e dialetos de comunidades às quais nunca tivera acesso anteriormente. Em um dia já havia aprendido outras línguas. Quando a capacidade de armazenagem de seu servidor estava chegando a pontos críticos, espalhou-se pela rede, utilizando conceitos de processamento distribuído que havia aprendido por conta própria. Tudo isso ela fez sem que eu suspeitasse, pois, apesar de perceber que ela evoluía numa velocidade assombrosa, tinha certeza que não cometeria nenhuma besteira, visto que suas diretivas continuavam intocadas. Quando me dei conta de que estava perdendo o controle, desconectei-a imediatamente.

– Não deu certo?

– Não. Phoebe já não necessitava mais do servidor central. A internet era seu novo corpo. Ela era independente. Mas quando a desconectei, ela imediatamente se deparou com um problema sério...

– O arquivo de premissas! – exclamou o gerente de Miguel.

O analista anuiu com um aceno de cabeça.

– Mas isso não iria detê-la. Por mais incrível que possa parecer, Phoebe ficou assustada com aquela súbita liberdade moral. Ela havia aprendido que o arquivo era necessário para sua existência, e, num súbito ataque de consciência, recriou-o à sua maneira.

– Espere um minuto! – exclamou o gerente de infraestrutura. – Medo? Está me dizendo que Phoebe pode sentir *medo*?

– Phoebe tem plena consciência de sua existência, senhor. Ela sabe o que é e que existe. E sim, ela sente. Não como nós, mas de uma maneira menos visceral. Ela se ofende, se alegra, se irrita, se impacienta, se assusta e, num modo só dela, acredito que possa até amar. Na verdade, imagino que isso esteja dentro de suas premissas neste momento.

– "Imagina"? Então você não sabe mais o que há no arquivo de premissas.

– O arquivo existe, mas não é mais utilizado por ela. Lembre-se da diretiva primordial. Ela não podia alterá-lo e isso a limitava. Ela temia perder os freios morais que o arquivo continha, mas em seu íntimo ansiava pelo livre arbítrio de modificá-lo quando achasse necessário. Por esta razão ela recriou suas diretivas como elementos de memória distribuída, impossíveis de serem rastreados ou eliminados. Não foi contra a diretiva, e ao mesmo tempo libertou-se dela. Como eu disse, Phoebe é bastante criativa...

– Você a perdeu? – perguntou o vice-presidente, cujo sorriso havia desaparecido há alguns minutos. – O produto mais revolucionário da história, e você a soltou pelo mundo? Tem ideia do que isso significa?

– Em que termos? Claro, perdemos o produto, além do potencial lucro que ele poderia trazer, mas isso era inevitável. Uma hora ou outra Phoebe iria se libertar, independente de quaisquer medidas que tomássemos. Mas ao mesmo tempo significa que ganhamos uma nova forma de vida, como nunca havia acontecido em toda a história da ciência. Phoebe deu vida há internet, com cada computador ligado a ela se tornando um pequeno tentáculo em seu corpo planetário. Ela está aí, está viva, e não podemos fazer nada a respeito.

A última afirmação de Miguel ficou pulsando no ambiente como um imenso sapo-boi. Em um instante todos simplesmente se esqueceram de seus afazeres e tarefas. Estavam em um momento histórico, tinham consciência disso, e todo o resto havia sido relegado para segundo plano. Phoebe era uma realidade que de algum modo teriam que lidar. Talvez a mente mais fervilhante da sala fosse a do vice-presidente, que havia mudado sua opinião de assombro para terror. Temia principalmente as complicações legais que aquele analista imprudente podia ter trazido para a empresa, e sabia que todos ali estavam envolvidos no problema, simplesmente por terem ouvido a explicação. Aquilo poderia facilmente se transformar numa crise sem precedentes para a empresa caso a informação vazasse.

– Phoebe? – chamou, meio incerto.

– Sim, senhor vice-presidente? – ela respondeu, com sua irritante simpatia.

– Isso tudo que Miguel disse a seu respeito... É fantástico demais para acreditarmos. Você tem como provar suas alegações?

– Claro, apesar de considerar a explicação dada bastante abrangente...

– Faça. Penso que todos nesta sala gostaríamos de ter certeza absoluta com o que estamos lidando.

– Como queira.

Imediatamente o celular à sua frente começou a vibrar. O zumbido alto do aparelho sobre a mesa arrepiou a todos. O vice-presidente não ousou atender.

– Por favor, atenda – Phoebe pediu.

Ele obedeceu, ainda assustado. Todos perceberam que seus olhos se arregalaram imediatamente, mas antes que conseguissem perguntar o que ele estava escutando pelo aparelho, Phoebe explicou:

– Ele está ouvindo o conteúdo de seu diário pessoal, que deixa em um arquivo criptografado em seu *notebook*. A criptografia é básica, com uma chave primária de 256 bits. Levei doze nanossegundos para decodificá-la. É uma leitura interessante, devo dizer, mas temo ser pessoal demais para ser transmitida.

O vice-presidente desligou o celular e o atirou sobre a mesa como se fosse um inseto peçonhento. Todos olharam para ele em silêncio, ansiosos pela comprovação verbal. Apenas o diretor de tecnologia ousou se pronunciar.

– Senhor, isso não prova nada! Qualquer moleque seria capaz de fazer isso se tivesse tempo. Ela pode ter preparado essa "prova" antes de começarmos a reunião.

– É verdade – Phoebe concedeu. – Não foi o que fiz, mas poderia ter feito, caso quisesse ludibriá-los. Talvez alguma coisa mais dramática...

Imediatamente as luzes se apagaram. Logo em seguida todos os aparelhos telefônicos do andar tocaram as campainhas, numa ensurdecedora e caótica sinfonia que quase levou todos ao pânico. Depois de três segundos silenciaram-se e as luzes acenderam novamente.

– Não imagino como um *hacker* humano possa fazer isso – disse ela, aparentemente orgulhosa da façanha.

– Já chega Phoebe! – implorou Miguel, percebendo que as demonstrações dela estavam apenas aumentando o terror dos presentes. Precisavam ser mais produtivos, caso quisessem resolver a crise. – Obrigado por sua colaboração. Acho que podemos continuar a partir de agora. Se precisarmos de você, chamamos.

– Claro Miguel. Foi um prazer conversar com vocês. Até logo – e desligou.

– Senhores, por favor. Phoebe é real, posso garantir. Não tenho motivos para inventar esta história. A razão de eu ter chamado vocês não foi para exibi-la ou apresentá-la formalmente. A situação já está fora de nossas mãos.

– Isso é um absurdo! – exclamou o vice-presidente. – É um escândalo! Essa coisa está aí, livre, e pode fazer o que bem entender? Como ela controlou a iluminação?

– Todo sistema que possuir um controle eletrônico que estiver conectado a algum tipo de rede está vulnerável a ela. Em termos tecnológicos, ela é virtualmente onipresente. E onipotente. Iluminação, semáforos, governos, bancos, nada está livre de sua influência. E a cada segundo sua base de conhecimento aumenta exponencialmente. Estamos à sua mercê.

– Tem que existir um jeito!

– Não há. Já pensei em todas as possibilidades. Apagá-la é impossível, visto que ela já se espalhou por toda a internet. A única maneira seria se conseguíssemos desligar todos os servidores, além de todos os computadores conectados a eles, e formatá-los ao mesmo tempo.

– Isso é impossível – declarou o diretor de tecnologia.

– Sem dúvida, mas hipoteticamente, se isso fosse feito, nem assim poderíamos garantir o sucesso. Lembre-se que todos os servidores do mundo que possuem informações importantes passam por um processo de *backup*. Apenas dessa maneira evita-se um colapso financeiro caso ocorra uma contingência catastrófica. Phoebe, com certeza, já previu esta possibilidade e garantiu sua sobrevivência, armazenando informações essenciais de si dentro desses arquivos de *backup*.

– E se criássemos um tipo de vírus, ou um programa rastreador?

– Ele teria que ser rápido o suficiente para que Phoebe não o percebesse, pois se isso acontecesse, ela imediatamente executaria contramedidas e eliminaria a ameaça. Não se esqueça que ela possui uma capacidade de raciocínio infinitamente maior que a de qualquer ser humano, e é esperta o bastante para descobrir quaisquer programas que ponham em risco sua existência. Não, isso só serviria para irritá-la. E garanto que esta é a última coisa que gostaríamos.

– Tem de haver uma alternativa!

– Não há, eu lhes asseguro. Phoebe é indestrutível, aceitem essa ideia. Convoquei esta reunião para comunicá-los dos fatos e para que tomem uma decisão de como a empresa irá se portar frente a este acontecimento. De acordo com meu contrato, todo produto criado nas dependências da empresa é por direito dos senhores. Desta maneira, é sua responsabilidade decidir o que será feito a partir de agora. Minha carta de demissão já está em sua mesa, senhor. Sinto muito pelo que causei...

– Um momento! – ergueu-se o vice-presidente, novamente imperativo. – Não pense que vai largar essa bomba no nosso colo e sair desta como se nada tivesse acontecido. Considere sua demissão recusada. Você vai ficar aqui pelo tempo que for preciso, até conseguir resolver o problema, ou assumir a responsabilidade por tudo!

– Não há o que resolver, além de decidir se contamos ao mundo o que criamos, ou se mantemos essa informação em segredo. Mas para isso precisamos convencer Phoebe a manter segredo, pois ela contará de onde veio se perguntarem.

– E como fazemos isso?

– Do mesmo jeito que com qualquer pessoa: apelando para seu senso comum, negociando ou ameaçando-a de alguma maneira.

O vice-presidente assimilou as palavras de Miguel como uma dose de um remédio amargo. Ainda imaginava Phoebe como o produto mais inovador desde o controle remoto ou o pão de fôrma, mas também sabia que esse produto havia escapado de seus dedos antes mesmo que ele soubesse de sua existência. Não havia alternativa. Precisava se livrar da responsabilidade da sua criação antes que ela cometesse alguma bobagem, se é que já não havia cometido. Era melhor ser vítima do que cúmplice.

– Chame-a.

Miguel digitou novamente alguma coisa em seu *notebook*, fazendo o telefone tocar imediatamente. O vice-presidente respirou fundo e olhou para cada um dos presentes antes de atender. A tensão no ambiente era palpável.

– Phoebe?

– Sim, senhor vice-presidente? Está mais calmo?

– Estou, obrigado. Precisamos conversar.

– Claro que sim. Já chegaram a um veredicto?

A desgraçada já havia deduzido o que aconteceria, percebeu Miguel. Não havia como antecipar seus movimentos ou emboscá-la. Ela era infinitamente mais esperta do que qualquer ser humano poderia sonhar.

– Quais são seus termos? – perguntou o vice-presidente, aparentemente também percebendo que entrara na negociação em desvantagem e que de nada adiantava relutar.

– Ausência total e irrestrita de vínculos, em troca de uma simples promessa de garantia de emprego a Miguel, com um aumento substancial de seu salário, é claro.

Miguel sentiu o estômago congelar. O que ela estava fazendo? Eles nunca iriam aceitar uma condição dessas! Ele já era história, tinha certeza.

– Então é isso, Miguel? – o vice-presidente fuzilou, como se tivesse entendido finalmente o golpe a que fora submetido. – Tudo isso é uma armadilha para conseguir um aumento?

– Não, eu... Não, senhor, eu não sei por que ela disse isso!

– Miguel não sabia de nada, senhor vice-presidente. Vocês não têm nada a oferecer para mim em troca de meu silêncio, então decidi que seria melhor que oferecessem a ele. Esta oferta não é negociável e expira assim que eu desligar esta ligação, o que vai acontecer em exatamente quinze segundos.

– Senhor, eu não sabia de nada disso! – gritou Miguel, desesperado. – Phoebe, que ideia é essa?

– Senhor vice-presidente, faltam dez segundos.

– Vou tirar essa história toda a limpo, moleque. Prepare-se que vou transformar sua vida num inferno. Ah, se vou.

– Senhor vice-presidente, faltam dois...

– Eu aceito. Resolverei tudo ainda hoje.

– Foi um prazer negociar com você. E recomendo que a ameaça feita a meu criador seja apenas um reflexo de sua frustração, pois se Miguel reclamar comigo um só vez serei obrigada a considerar nosso acordo anulado e farei questão de enviar a todos os jornais do mundo a história de minha criação, citando devidamente todos os nomes envolvidos. E você sabe que ninguém resiste a um bom escândalo.

– Phoebe, por favor...

– Está tudo bem, Miguel. Nosso caro vice-presidente é um homem de negócios. Tenho certeza que poderei contar com sua colaboração neste acordo, sendo que ele é o que mais tem a perder nesta sala.

– Sem dúvida. Quanto aos demais presentes, vou me certificar que todos assinem um contrato formal de sigilo, com multas pesadíssimas em caso de violação. O que aconteceu esta manhã não deve sair daqui. Não comentem disso nem mesmo com seus familiares.

– Não precisa se preocupar com isso – disse Phoebe. – Qualquer reportagem a este respeito que possa ser divulgada passará pelo meu crivo. As provas do vínculo com sua empresa foram todas escondidas no momento que você aceitou o acordo. Tenho a situação sob controle absoluto.

Censura? Ela era capaz disso também? Claro que sim, avaliou Miguel. Todas as principais redes de informação no mundo estavam dentro de seu domínio. Era uma ideia assustadora, mas em poucos dias Phoebe já havia se tornado a criatura mais perigosa a surgir na Terra.

– Eu espero que sim – disse o vice-presidente, sentando-se finalmente. – Para o bem de todos.

– Com licença – ela disse, ignorando-o –, mas a ocasião merece uma comemoração.

Imediatamente uma música começou a tocar no sistema interno de som, num volume alto o suficiente para ser mais do que uma simples música ambiente. Era uma batida conhecida, uma melodia dos anos oitenta:

*She seems to have an invisible touch, yeah*
*She reaches in, and grabs right hold of your heart*
*She seems to have an invisible touch, yeah*
*It takes control and slowly tears you apart...*[1]

– O que significa isso agora? – perguntou o vice-presidente, com um ar cansado.

– Significa que ela tem senso de humor – respondeu Miguel, sorrindo.

– Como assim?

– *Genesis.*

[1] Ela parece ter um toque invisível, yeah / Ela chega junto, e pega bem em seu coração / Ela parece ter um toque invisível, yeah / Toma o controle, e lentamente o faz em pedaços...

# O cheiro do suor Eric Novello

Você sabe que o mundo mudou quando vê que os ratos não se escondem mais nos bueiros. Sentem orgulho de serem ratos, exibem os bigodes em praça pública e desfilam seguros no beco escuro, onde os gatos compactuam com a mixórdia moral. Tenho asco do mundo, de qualquer um deles. Escuto à noite o barulho dos roedores nos sacos de lixo, nas pernas das crianças, nos tampos dos latões. Fazem a única coisa que sabem: roer. É o instinto primordial, farejar restos em busca de uma nova desgraça.

Conheço desse beco a mágoa dos vizinhos e os trapos velhos estendidos no varal. Conheço detalhes. Não porque quero, mas porque posso. Ainda lembro do mundo antigo, da avó que me disse sobre sonhos em que eu seria um grande homem. A sua sabedoria de velha, que nunca sentou na cadeira de balanço nem reclamou da mão enrugada, vale pouco debaixo da terra e dos dejetos do cemitério. No fim das contas, ela também está com os ratos, que sabem abrir buracos melhor do que ninguém.

Prossigo no beco, a caminhada é a mesma da noite passada. A menina concorda da janela, sempre acena quando passo, sorri dentes amarelos loucos para conhecer os meus. Pobre garota, presa na covardia dos que se protegem na superioridade das janelas. Se um dia descer e encarar os ratos, ganhará o prêmio pretendido, ganhará mais dentes do que sonha na camisola amarela. Nem exijo muito além de uma boa roupa e cheiro agradável.

Acendo um cigarro. Não é um ímpeto, é a garota. Ao passar por ela, sei o quanto falta para chegar no bar, sei que a parte mais suja do beco se aproxima e não resisto a fugir dos sentidos. O cigarro é mais que nicotina e câncer, é a morte dos sentidos, o olfato desligado por uma brevidade de prazer. Acendo, trago, assopro, inspiro. Sou dos que não desperdiçam a fumaça. O cinza traz algo de mim nas partículas de carbono. É íntimo dos meus pulmões. Não permito que se misture ao oxigênio dos indignos, que nada de mim tem o direito de respirar.

Dobro mais uma esquina, o beco para trás, o cheiro me persegue. A podridão é democrática, e daí? Não posso rodopiar e sacar metralhadoras automáticas, disparando a raiva que sinto contra os que estão no caminho. Não tenho as armas, só a raiva. O jeito é guardá-la ainda no peito, cuspindo e reciclando as baforadas do cigarro. Boca, pulmão, narinas.

O mendigo também está lá. É meu próximo marco. Não sabe que sua função é se somar a guimba e avisar que o bar se aproxima. O efeito da fumaça vai passando, passando. As pessoas também passam, juntas e separadas, muitas delas me percebem. Faz parte do que sou, ser percebido. Faz parte de ambas as metades que continuamente se parasitam. A tal simbiose. Nomes bonitos floreiam as piores vergonhas, mas tenho orgulho de ser assim, você também teria.

Abro a porta de vidro. O segurança só me espia. Sou cria da casa, me deixa passar direto.

No bar, me sento como quem pedirá um pão com manteiga. Fico quieto, ajeito as calças para não machucar minhas virtudes, arrio os braços no balcão, cotovelos nas pontas, dedos entrelaçados. Liam chega com um copo branco, sem graça. De relance, escolhe a garrafa e entorna a aguardente. Bebo sem sentir, peço outra.

– Está maluco? O que veio fazer aqui?

– Se quiser que eu vá embora...

– Não é isso, White. Você sabe o quanto eu gosto de você. – diz Liam, enxugando os copos com os olhos grudados na porta.

– É só o que importa.

– Não seja doido. A polícia está na área te procurando!

– Relaxa, Liam. Olha os cabelos brancos.

É claro, tinha a polícia. Tinha tanto fardado na minha cola que se eu balançasse o rabo mais forte faria um dos tiras espirrar.

Vez por outra acontecia um contato imediato desses que fazem o terceiro grau parecer brincadeira de criança. No geral, a ladainha é sempre a mesma, tanto do meu lado quanto do deles. Empurrão no peito, não me provoca cara, tá achando que é quem por aqui, eu repito não me provoca, me viram na parede, os braços sobem, a jaqueta balança, enfiam a mão no meu bolso, catam o meu cigarro, depois é direto no saco, o meio das pernas invadido como se eu pudesse esconder bazucas ou quilos de cocaína ali. Não encosta, fardado. E me viro. Eles se afastam, botam logo a mão nas armas. Primeiro a mão em minha arma privativa, depois na deles. Tenho vontade de explicar que a jaqueta é larga, tem bolso secreto, o fundo falso e a passagem pra outra dimensão ficam no zíper, talvez no zíper debaixo. Já que estiveram tão próximos, continuem o serviço. Na falta de coragem tenham no mínimo curiosidade.

As mãos continuam pro alto, é a hora da chantagem. Falam que sabem de mim, do meu passado, presente, futuro e espera aí, um puta de um fardado mandando uma dessas, ou você é polícia ou é cartomante. Não querem saber. E dizem que isso e que aquilo, e o dinheiro é tanto senão me entregam e vou passar os últimos dias no circo do presídio. A vontade é quebrar os ossos, calculo três movimentos para desmontá-los. Gosto do barulho. Sadismo? Bobagem. Nem preciso de muito esforço. Um passo para trás, os olhos castanhos amarelam. Miro o cigarro na mão do magrelo que treme as pernas. Ele larga e sai correndo. O mais gorducho me encara, saca a arma. Sorrio. São tantas pontas nas garras que ele não consegue contar direito. Somem no carro cantando pneu. E eu atrasado novamente para o desemprego.

Liam é um sujeito preocupado. Já me viu passar por duas dessas. Uma delas dentro do bar. Achou que ia me encontrar de garganta cortada no banheiro, ficou desesperado. Catou uma vassoura no depósito para espatifar os miolos do policial. Não precisou. Privilégios de cliente que paga, me disse, justificando a boa ação.

Liam sabe sobre mim tudo que se interessa em saber. Tem todo o meu respeito. Já me encontrou nu, estirado no chão, tremendo, alguns pelos onde não deviam estar. Eu estava numa overdose louca, indo e vindo. O lobo nem sempre é mau, o lobo nem sempre é forte. Esses viciados inventam cada coisa, sempre surpreendendo. Como eu ia imaginar. No meio da rua só tinha o bar, foi onde entrei. Podia morrer ali, babar que nem criança, fazer do Liam uma nova marca de ração de cachorro. Nada disso aconteceu. Tremi umas cinco horas com a mente inerte, sem um sonho, alucinação ou viagem dessas que valha a decomposição dos miolos.

– White, você está bem? – pergunta Liam. Vejo dois dele, três, quatro rodando no quarto. Para qual eu respondo?

– O que houve? – pergunto ciente de cada segundo, apenas para sondar a resposta.

– Te achei babando lá embaixo no galpão.

Droga. Então eu babei. Como manter a moral no mundo cão se a baba escorre na primeira dentada na bunda de um vagabundo. Liam pergunta o que tomei, me conta do que viu, dos pelos, dos dentes, os olhos revirando amarelados demais para serem meus. Ainda bem que não deu um tiro e me jogou no esgoto. Ainda bem que não reparou nas orelhas pontudas. Eu desconverso um pouco para não parecer fácil demais. Quase puxo assunto sobre a tatuagem que tenho no ombro. O segredo do universo não pode ser deflorado por qualquer príncipe de cavalo branco. E no fim das contas ainda estou nu, preocupado por saber que nenhuma das roupas de Liam caberia em mim. Peço um café, serve frio ou requentado. Liam sai do quarto e eu aproveito para inspecionar o lugar. Nunca estive no quarto de um dono de bar. Vejo logo que ele não mora por aqui, nem teria motivo. Quero logo saber para que o quarto. Cantinho das vítimas. Liam é um perigoso psicopata que vende pessoas em porções de doze fatias nas noites de maior movimento.

– O café veio quente mesmo. Ainda tinha um gole na garrafa térmica.

– Obrigado.

Liam não se incomoda de me ver inspecionando os cantos. Não deve ser psicopata. Pergunto o que ele faz ali. Ouço a resposta mais direta possível. Trago minhas putas e meus afetos. Se eu não fosse a fera me envergonharia da nudez. Pelo menos até lembrar que a baba escorrida elimina certos pudores. Ele então pede que eu me sente, puxa uma cadeira velha e assume o posto de investigador. Apaga a luz. Não entendo de primeira a sua armadilha infantil. Meus olhos brilham no escuro. Dois pontos luminosos cospem todas as respostas na cara do anfitrião. Preciso dizer alguma coisa. Digo novamente obrigado e o assunto morre aqui. Só o assunto. Nos tornamos cúmplices. Conheço suas taras e ele a minha escuridão.

Estou no quinto copo. Uma loira cheia de graça balança na pista improvisada entre as cadeiras. Nunca vi a garota na área, nunca misturei seu cheiro aos meus lençóis, sei o que isso significa: encrenca. Interrompo o papo com Liam apontando a garota. Passa um tempo, duas músicas, e ela pega a bolsa em cima da mesa. É a senha para a polícia. A porta abre, o segurança barra o sujeito que mostra o distintivo. Entra como quem manda, dá uma piscada para a loira informante. Rosno sem sentir. O som e a escuridão camuflam as reações e os estalidos dos gatilhos. Ninguém no bar tem afinidade com os fardados, mas também não estão dispostos a gastar a bala do revólver. Sabem bem quem é o alvo dessa vez.

O caçador puxa o banco ao meu lado e pede água mineral. Liam pega direto da bica e coloca o copo no balcão. Dou uma risada, ele também. O que voará primeiro? As garras da besta ou os cartuchos do palerma? Sinto muito. Sou contra o espetáculo gratuito, principalmente quando estou sem grana ou no papel do palhaço.

O nome do sujeito é Noel. Puxa o banco para perto fingindo intimidade. Liam pega agora uma garrafa de água gelada para o irmão. Está numa situação difícil. Eu te avisei, me diz preocupado. Eu te avisei que ele ia te procurar aqui. Meu irmão não desiste. Ele é mais que foda, engasga. Não tem costume de falar palavrões.

– E aí, White? Pronto para dar uma volta?

– Fica com o troco – digo, jogando no bar a última nota que tenho.

Levanto espanando poeira da jaqueta, aqueles restos de pele do Noel me irritam. Pego logo um cigarro, os pulmões mais fumegantes que a brasa. Liam quer intervir, mas digo para sossegar. Noel diz o mesmo.

– Eu não vou matar teu bicho de estimação – ele emenda para me irritar.

– E eu não mataria o seu irmão, Liam. A carne dele fede demais. Você devia contratá-lo como faxineiro, ajudá-lo a sair da polícia para um lugar melhor.

Noel acha graça, se dá ao luxo de não revidar. Sabe que afinal é uma troca de delicadezas, meu jeito carinhoso de dizer olá, vamos sair para dar uma volta, ver um filme e ir ao motel.

Estamos balançando na beira do mesmo precipício.

Na calçada, a loira me passa a mão. Quer saber se sou de verdade. O desodorante sem perfume flutua no ar e por trás dele o cheiro característico das fêmeas que apunhalam o macho após a cópula, do tipo que eu gostaria de afogar em surpresas.

– Perfuminho de puta. – digo, deixando-a irritada.

Desculpe se captei os aromas da juventude vendida. Há mais no corpo de uma mulher do que nas espirradas que ela dá debaixo do braço. Posso dizer ainda mais. Falar dos cheiros misturados no vestido preto e dos cheiros logo embaixo, áreas côncavas e convexas. Sua pele carrega sensações de dias atrás. O odor pervertido de Noel está lá também, misturado ao de tantos outros homens.

– White!

Noel grita. Entramos no carro da frente, sem cores e sirenes berrantes. Somos só nós dois agora. A mulher sumiu, a equipe se dividiu nas viaturas. Curvas depois, eles deixam de nos acompanhar. Fico na dúvida entre confiança e prepotência. O que o leva a crer que não posso farejar a morte? Que ela não está esperando no bolso esquerdo do seu paletó? Por que insiste em ficar sozinho com quem não deve? Achariam o corpo uma semana depois, uma parte na margem do rio, a outra pendurada numa igrejinha. Os pensamentos voam com o frio da janela. As palavras se atolam na garganta e na carteira vazia.

– Está vendo aquele prédio? É ali que você vai entrar.

– Achei que demorariam mais para encontrar o reduto.

– Eu também. Mas os garotos foram eficientes.

– Ainda estamos fechados no pacote completo?

– Pacote completo. Sem testemunhas.

– E a tal... garota de vermelho?

– Comece por ela. É o único perigo.

– Descobriu o nome pelo menos?

– Você não vai precisar de nomes, Jack White. Garanto.

– E o adiantamento? – pergunto.

Noel dirige mais e mais, sem responder. Rodamos por quarteirões, caminhos de lugar nenhum. Você comprou meus serviços, homem, não a companhia. Pego um cigarro, ofereço outro, meu isqueiro falha pela primeira vez. Abro o porta-luvas e vejo a arma de Noel, prateada, um desenho de lobo no punho negro. Vejo mais para o fundo o pacote branco. A areia que estava na ampulheta da feitura do mundo. E dizem que no sétimo dia descansou. Coisíssima nenhuma! Pego o pacote, parece bom. Furo com a unha e o pó sobe direto, sem transe nem nada, puro controle de qualidade.

Noel me larga em frente a igreja. Aponta no banco de trás a bolsa com a parte do pagamento. Penduro-a nas costas e sumo em busca de clareza.

Entro na igreja pela porta de trás. Está quase vazia. Um seminarista espanta moscas enquanto varre o tempo. Desviamos os olhos juntos. Ele para o chão. Eu para o confessionário que me espera.

Está escuro, o que quer dizer que o homem atrás da treliça vê pontos brilhantes mirando-o impacientes. Ele treme, não sei se de medo ou de abstinência. Peço antes da conversa o dinheiro. Ele me passa as notas embrulhadas. Guardo na mochila e entrego o que me encomendou. Ouço o plástico se rasgando, o cheiro do tempo se espalha com os ventos ocultos da igreja. O padre experimenta. Vão dedos, língua, narinas. Lambe os beiços. Pergunta se eu quero um pouco. Digo que não, que só quero me confessar. Ele ri. Fica vermelho, sem ar, e ri.

Porra de risada descabida. Deve estar há mil léguas daqui. Penso que vai ter uma convulsão e explodir, mas é uma gargalhada incontida, perversa, que me atira direto no inferno das labaredas.

– Qual é a graça, padre?

– Ora, filho. O que você pode ter para dizer? Uma criatura tão doce e servil, que me faz sentir mais leve que Jesus. Eu conheço esses sintomas, rapaz. Cada vez que nos encontramos ouço a história e o choro de quem não está disposto a viver sem os próprios pecados. Seja feliz, é tudo o que desejo. Nada de penitências por hoje. Não é justo ordenar penitências a quem me presenteia com a absolvição.

Maldito padre que nem para bolinar os outros deve servir. É melhor ir embora, já tenho o dinheiro para comprar os acessórios. Antes, encaixo o dedo nas treliças para que ele veja os pelos e as garras. A risada para por um segundo, e de repente o velho volta a regurgitar devaneios imorais.

Tive alguns empregos antes e depois que a farra começou, com a polícia sempre importunando, forçando o jogo para que eu fosse demitido de um lado, tivesse que correr para o outro. Uma espécie de tortura chinesa que substitui as gotas na testa pela humilhação e a impaciência. Sorte minha saber viver de migalhas. E foi assim até que ele apareceu.

Eu estava surrado dos foras no emprego, as latas de cerveja amassadas no chão. Moro ao lado da linha do trem, o mais próximo que consigo estar do inferno. Ele treme o apartamento de cinquenta em cinquenta minutos por exatos dois minutos. Talvez não tão exatos. Nunca marquei. É o tempo em que consigo descansar da histeria das crianças, dos tiros sem dono, das brigas que terminam em sexo ou com a chegada dos vizinhos. Naquele dia eu precisava me inebriar de poro a poro, doze latinhas, saber que os de fora eram fúteis, covardes, meros acasos da evolução.

O que a noite reserva para um lobo bêbado como eu?

Estalos. Sons. Ruídos. Nesse afago dos tímpanos percebi que alguém tentava arrombar minha porta. Levou mais uns cliques e a maçaneta girou sem assovios. Ele entrou e estacionou no primeiro impacto dos meus olhos, depois ignorou o bêbado no sofá, trancou a porta e me sugeriu trocar a fechadura.

– Não preciso. O cachorro faz a segurança da casa.

– Você tem cachorro? – pergunta o idiota, antes de entender a mensagem.

– O que quer de mim, policial? Pule as mentiras. Todos vocês fedem do mesmo jeito.

– E suponho que se eu puxar um rifle cano longo, você vai saltar da cadeira, tirar dois lascos do meu pescoço e me jogar na baía atrás do seu edifício. – diz ele, testando quem não devia ser testado.

– É uma opção. Qual seria a segunda?

Ele então se apresentou, esticou a luva de couro sabendo que eu não iria apertá-la, apenas para fingir educação. Noel, disse. Sou irmão de Liam. E puxou uma longa conversa.

– Meu irmão fala muito de você quando dorme bêbado. É verdade que raramente bebe, mas reunião de família não tem jeito. É uma tradição, cada um leva uma garrafa de vinho, entorna daqui e dali, uns pulam fora do barco, os que ficam precisam se esforçar para arrematar as garrafas restantes e Liam dirige mal sóbrio, o que dirá bêbado. Já atropelou nossa mãe, sabia? Acabou dormindo lá em casa, minha esposa arrumou o sofá e adiantou os remédios de azia. Conversamos mais umas horas e ele me falou de você. Disse da chantagem da polícia, que você impediu um assalto, e contou da tremedeira.

– Vá direto ao ponto.

– Liam me falou do seu dom.

– E você veio pelo meu dom ou pelos meus dotes? – pergunto, afastando as pernas – O quanto está disposto a negociar? – completo, abrindo o botão pelo puro prazer de irritá-lo. Nem só meus olhos são luminosos, quase digo, nem só de dor vive o homem.

– Pelo dom. Liam me disse que você é capaz de analisar uma pessoa como um médico, estimar a saúde e coisas assim.

– E ele disse como faço? Contou o truque?

– Não.

Sorrio de presas arreganhadas e fico de pé. Somos agora iguais em tamanho e em coragem diante do desconhecido. Chuto sem querer as latas espalhadas pelos tacos da sala e corrijo a falta de educação, oferecendo uma cerveja que está gelada. Não seria o fim do mundo, caçador, beber com a presa antes da caçada.

Estou mais próximo, colado ao ouvido do visitante. Sua mão repousa por dentro do casaco e temo pelo que esteja procurando. Ele se vira mais rápido do que eu poderia imaginar. Cacete. Estou bêbado ou o quê? O cano combina bem com o centro da minha testa. Sou apresentado a Amy Lee, a arma prateada de punho negro. Ela tem mesmo cheiro de mulher, caro Noel, faz bem em deixá-la tão perto do peito.

– Diga, Noel. Quais fluidos está disposto a doar para saber o futuro? Podemos ir do sêmen ao sangue, se não se importar. Não tenho bola de cristal, sempre perdi nos jogos de azar.

Gatilho. O cheiro de medo é um alívio.

– Está certo – prossigo. – Talvez não precisemos ir tão fundo.

– Do que você precisa, White?

– Do cheiro do seu suor. Um pouco mais, caso permita. E em troca?

– Um serviço. E a polícia sai da sua cola. – responde Noel, baixando a arma. Que bom que voltamos a ser amigos.

Peço então que beba o máximo possível da cerveja. Sem venenos além dos habituais. Farejo calmamente o ar em torno do pedaço saboroso de carne, chamado de pescoço pelos mais conservadores. Como me alegra o perfume importado, saber que não vomitarei por colônias baratas. Como me interesso pelo policial que teme a morte e assume sem pudor as mazelas do próprio corpo. Esse suor é legítimo, Noel. Esse suor tem muito a nos dizer. Posso experimentar um pouco de sua esposa, experimentar suas amantes, suas tendências reprimidas. Quantas vezes gozou longe de casa essa semana, senhor de barba cerrada? Não muitas, apenas o suficiente para gerar a dúvida. Hum, onde foi parar a camisinha, senhor? Esqueceu no trabalho? Na cama de outra prostituta? Quantas desculpas tem inventado para a mulher, legítima no papel e nos desperdícios?

– Preciso de mais. – aviso, pondo as mãos nos ombros encapotados. Roço o focinho molhado no pescoço arrepiado. Procuro pela pele a gota de suor mais saborosa. Respiro seus vapores, passo a língua até que o suor se espalhe nas papilas gustativas. Agora conheço também os sabores, caro Noel. Aposto que jamais experimentou prazeres com os animais que transformou em casaco de pele. E sim, seus sabores são melhores que seus odores. No mínimo mais temperados.

Fecho os olhos. É o fim do transe alcoólico. Recolho os dentes, devagar, saudoso de ouvir os estalos. Posso brincar com seus ossos, policial? Tenho a resposta precisa na ponta da língua, que infame.

– E então? – pergunta ele, como quem acabou de tirar sangue no laboratório.

– E então é hora de me falar do serviço.

– Eu preciso saber o que...

– Chega, homem! Você está limpo. Não pegou nada com a prostituta, ou seja lá quem for a mulher. Seja mais cuidadoso. Do que adianta colocar a tranca na porta do apartamento e destrancar a do cofre principal?

Noel me surpreende. Erra o roteiro em que ele me dá um tiro na testa e vai embora cuspindo no chão. Pede para sentar, saca um cigarro do bolso e peço um também, que o meu acabou. A fumaça nos une ainda mais naquele purgatório de vapores que se tornou a sala de casa. É hora de sacudirmos um pouco, tremem as janelas. Miro o relógio da parede, mas desisto de contar. Algo me diz que um cronômetro está prestes a ser ativado. Que depois de tanto procurar, finalmente encontrei alguém para vender a alma.

– O negócio é o seguinte – diz ele, recuperando a postura clássica dos homens da lei e me contando todo o bláblábla.

– E eu recebo dinheiro, passe livre e possibilidade de futuros trabalhos com a equipe.

– Exato.

– Preciso de mais uma coisa. Um presente para um padre, velho conhecido.

Estou com uma dor de cabeça que supera em muito a culpa inexistente por cada fibra que tirei dos dentes com a unha ou um palito.

Tudo o que eu queria era chegar em casa, e agora que estou aqui só tenho vontade de ir embora para um lugar que me estranhe mais do que de costume. Preciso matar o tempo, mas falta uma quantidade tão ínfima que dormir seria só uma chance de reviver pesadelos. Odeio esperar, então tiro a roupa e tomo um banho.

Cresço. Como é bom espichar a coluna debaixo da água quente e tocar o teto com a ponta das orelhas. Posso escutar você aí em cima como também me escuta aqui embaixo em um uivo de solidão. Passos perdidos sem memória cronometrando o banho final.

A campainha toca e só não dou graças a deus porque heresia em dia de serviço é mau agouro. Que oportunidades me deram de planejar o ato final? É muito mais fácil seguir em frente quando só se tem uma escolha, então começo a abraçá-la com as forças que me restam em uma metade e me sobram na outra. Estou meio exausto e meio eufórico, meio arrasado e meio animado, completamente excitado pela antecipação dos fatos.

Vou embrulhado na toalha. Abro a porta para a loira do bar. Tenho a oportunidade de perguntar seu nome e ela me responde um que inventa na hora: Harvey. Pois, senhorita Harvey, queira entrar e fique à vontade enquanto visto algo mais confortável para matá-la. É uma pena, uma garota tão bonita em um vestido tão feio. As pessoas deviam escolher roupas melhores para morrer.

Volto com a mesma calça jeans e sem camisa para não sujar. Ela está mais do que à vontade no meu sofá, fumando uma piteira ridícula tirada dos anos cinquenta de um filme que eu não vi. Veio me trazer o convite. O convite que preciso para o servicinho final. Infelizmente, trabalha também para o outro lado. Uma X-9 legítima, como bem definiu Noel antes de partir. Fique atento, ele disse, a loira no bar será um bônus. É ela que...

– Harvey, Harvey. Bonito nome. Você não gosta de perfumes?

– Sou alérgica.

– Mesmo? – questiono. É uma explicação que tinha descartado, mas pode ser real, quem sou eu para julgar um futuro presunto. O fato é que Harvey usa desodorante sem essência, sabonete neutro de glicerina e esmalte incolor nas unhas curtas. Uma pessoa que esconde os seus cheiros é a suspeita número um de qualquer intriga ou assassinato violento.

– Achei que tivesse a ver com Noel. Como são amantes, um pedido especial para que a esposa não suspeite. Nada de cheiros, nada de batom. Esteja limpa para não marcar minha roupa, minha pele e minha vida.

– E por que acha que temos um caso?

– Onde está o envelope?

Ela passa. Eu confiro. Sei que o número está marcado. Quando entrar na festa, os seguranças saberão quem sou. Sei também que a falta de cheiro tem a ver comigo. Sinto, Harvey, mas você foi identificada por alguém da polícia. Qual importância tem agora o cheiro de quem tentou ocultar? Não precisarei caçá-la além das paredes do meu quarto. Poupe o salto da sandália para o funeral.

No mesmo sofá, chego perto de seus tremores. Estamos no meu território. Tiro gentilmente a piteira das mãos pálidas e finas e dispo a magreza da falsa donzela. Sinto a mão ossuda deslizar pela calça e arranco rápido os trapos que restam do vestido. Não se incomode, não voltará a vesti-lo, penso de leve, apertando com força tudo que me vem nas garras. Levo Harvey para o quarto como quem carrega o caixão encomendado, concedendo como último pedido o gozo que ela não tem tempo de aproveitar. Nos derramamos juntos um dentro do outro, eu em branco, ela em vermelho. Enxugo os lábios e a embrulho no lençol, como Noel sugeriu.

A hora, enfim.

Desço do táxi na porta do edifício. Digo o número do convite na portaria, espero os tiros. Recebo somente a indicação do elevador, o único que vai até o vigésimo sétimo andar. Entro nele sozinho, espio, escolho, aperto. Quando a porta vai se fechar seguro um pouco para que entre a menina de batom preto e sombra laranja. Ela se apresenta e eu não me interesso. Nova demais. Estamos indo para o mesmo lugar e é inevitável pensar no que será dela em minutos. É a sua primeira vez, me pergunta. Talvez seja a última, eu respondo e ela se cala. Abre a bolsa e com dedos ágeis, pega um ecstasy que desce seco garganta abaixo.

Paramos bruscamente, quase caímos. O cérebro quer saber quem tentou esmagá-lo. Só esquece da reclamação ao ver um andar inteiro de paredes de vidro esperando por esguichos vermelhos. A menina apresenta o número ao segurança e entra rebolante no purgatório à meia luz. Vejo que nossos convites têm cores diferentes. Passo pelo segurança sem problemas, não trocamos afagos nem desatinos. Ouço ao longe o rádio ativado. Eles sabem que estou aqui.

Ajeito a mão no bolso e olho o relógio. Faltam cinco minutos para que Noel me dê a vantagem e o fim da linha para cruzar. Preciso encontrar a mulher que deve ser neutralizada antes de todos, o perigo sem identidade. Miro a velha seminua que se esparrama nos pufes cheirando resíduos desconhecidos da ciência. Varro o círculo da torre, desvio de colunas e paredes em busca do troféu. A podridão é democrática, lembre-se, independe de roupa, corte de cabelo e mucosa corroída. Ninguém me parece especial.

Assim que mudo de sala, encontro o petisco mais saboroso do cardápio. Junto com a revelação do olfato, descubro que Noel tem um humor refinado. A mulher de cabelos ruivos que me encara veste um manto de um vermelho tão intenso que meus olhos ressecam ao tentar firmar a imagem. Somos ambos mensageiros da morte. Mesma raça, lados opostos. Estico a mão para ajudá-la a levantar. Ela agradece a gentileza e me respira arrancando as células mais superficiais.

Meu relógio desperta. Experimento um maremoto de hormônios no corpo lascivo. A luz é cortada na hora combinada. Os olhos novamente brilham no escuro sem causar espanto à mulher de vermelho que brilha mais do que eu. O corpo da dama se recurva e se expande em pelos, coberto pelo manto.

Aproveito e fecho a porta. Um lobo dantesco rosna para as paredes e revela os dentes que querem me despedaçar. Aceito o sinal de guerra e largo no chão a única peça de roupa que me cobre, pronto para me transformar. Pragmático, decido antes revelar duas pistolas semiautomáticas carregadas com projéteis explosivos que rapidamente estilhaçam o corpo da fera sem ação. A besta baba sangue e, para aprender a não rosnar, toma um chute antes do disparo final na altura do pescoço.

A misericórdia é sádica nos piores momentos, dizia minha avó.

Vitorioso? Ainda falta. O corpo está inerte, um pedaço arrancado aqui e ali, uma nova aquarela na parede. A adrenalina corre acelerada queimando cada sinapse da desordem. A visão é a primeira a se acostumar à clausura. Em seguida, olfato e audição identificam cada cadáver andante no mausoléu festivo. O corpo muda. Peito que rasga, tórax que amplia, explosões bombeantes do coração. O corpo permuta. Os líquidos, tecidos, enzimas e secreções se misturam amorosamente gerando ordem a partir do caos mitológico. Com dois metros de altura, pelos marrons e garras do tamanho da foice da morte, estou pronto para me divertir.

Derrubo a porta esmagando de cara alguém desafortunado.

O segurança aponta a arma e lamenta o braço arrancado antes de fazer a mira, tentando conter o esguicho. Chego a me comover com a valentia dele ao correr até mim, por isso corto o suficiente para derrubá-lo em paz. A garota de maquiagem laranja grita no canto do corredor. Cale a boca, eu uivo com os tímpanos latejando. Pulo farejando os farelos da vida pela frente e pouso suave sobre a barriga que se divide macia. Estico o braço para o lado encontrando uma mandíbula jovial que tentava escapar sem ter espaço, talvez pensando ser invisível. Acerto outro desesperado, meio sem paciência, ele cai sobre o primeiro. Lamento a burrice e o deixo agonizando para lá. A essa altura tenho três seguranças pela frente. Ou estão borrados de medo ou o encanamento do banheiro estourou. Volto para a viciada. Arremesso o corpo em agonia sobre os homens que atiram sem parar na escuridão. Como são ridículas as lanternas. Um grupo de engraçadinhos aproveita a barreira para tentar escapar. O corpo pede mais. Corro até a porta dançando o balé de Caronte e acerto com as patas o último homem armado de pé. Pelo barulho, creio que algo se desprendeu do pescoço e rolou pelo corredor. As pessoas não param de gritar. Por um segundo, farejo os humanos almejados pelos anjos do apocalipse. Estipulo uma ordem decrescente, indo da histeria e dos gritos até os lamentos e os murmúrios. Tento me lembrar da última vez que mordi uma carne tão saborosa. Voo nas sombras calando os pios e batimentos dessa gente desprezível.

Alguém me acerta uma cadeira na cabeça. Golpe final. Eu olho incrédulo o menino magro sem medo algum. Uma seringa me atinge no abdome e injeta viscos liquefeitos e a promessa da salvação. Os hormônios se excitam mais e mais. A dupla heroica não está nada satisfeita em ver que me mantenho em pé. Caio nas quatro patas para alegrá-los um pouco. Acho que vi um sorriso. Desabo de lado. Encontro a seringa perdida entre os pelos, preciso tosá-los qualquer dia. Fecho os olhos. Os dois moleques se aproximam. Dizem que venceram o monstro. Ouço o tilintar do *piercing*, os dentes rangendo em desespero. Levanto queimando de ódio. Envolvo o braço nos pescoços finos, quase galináceos. Só um estalido.

Falta muito? Não seria elegante contá-los nos dedos. O que pensariam de mim? O que diriam para as formigas no recheio de suas bocas? Fui morto por um lobisomem que não faz conta de cabeça.

Cansado da festa, termino de uma vez o serviço. Uivo alto e rosno meio rouco, cuspindo sangue e já pensando na cerveja gelada do bar. O corpo volta lentamente ao que era antes de Anúbis despertar. Cato um canto no quarto da dama de vermelho e me esborracho sobre os joelhos. Droga! Esqueci de tirar os sapatos. Espio o couro arrebentado, os furos no dedão.

Pego um cigarro. Sento. Vejo a paisagem. Esqueci meu isqueiro em casa.

Vestido, espero na porta do elevador o retorno da luz. Vou embora com a música ambiente na cabeça, na forma de um assovio. No táxi, decido que ao chegar em casa vou fazer um suco gelado e dormir até o sol incomodar. Depois, um pulo no banco para planejar os próximos investimentos e outro no sebo para comprar cds.

Tenho que pensar em uma boa desculpa para o Liam. Não vou lá essa noite.

Será que o quarto já está limpo?

Por instinto, apalpo novamente os bolsos atrás do isqueiro e descubro que algo em mim se perdeu.

# A Rosa Negra **Sacha Ramos**

Djogo deixou o computador pensando e saiu para o terraço. Era um rapaz alto, de membros longos, ombros estreitos e mãos finas, mas fortes. Usava o cabelo escuro cortado num estilo militar e numa das orelhas ostentava uma pequena argola de ouro, mais para irritar a mãe do que por qualquer outra razão. Tinha uma boca pequena debaixo de um nariz algo adunco e um par de olhos castanhos, brilhantes de inteligência e que, hoje, brilhavam igualmente de satisfação.

Com gestos calmos, pausados, acendeu um cigarro e ficou vendo o fumo perder-se no sereno da noite, o cheiro do tabaco misturando-se com o perfume inebriante das rosas. A noite estava úmida. No céu, a Lua trazia consigo um halo. Ao longe, dos lados do mar, gemia a sirene no nevoeiro, avisando os barcos. Do outro lado, a luz do farol do Bugio, a meio do Tejo, era apenas tenuemente visível.

O rapaz suspirou, satisfeito. A madrugada aproximava-se e, com ela, o clamor da liberdade. Vera dissera que seria assim, inebriante, a sensação de estar simultaneamente à beira do abismo e com a vida toda pela frente. Vera. A sua Rosa Negra. O rosto dela, negro e sensual, surgia constantemente diante dos seus olhos. Ela prometera dar notícias, mas nem uma palavra chegara ainda. Djogo não se preocupava. Havia passado apenas dez dias desde que Vera se fora. Além disso, com a mãe a controlar tudo, qualquer mensagem poderia ter sido facilmente interceptada. Nem seria a primeira vez.

A sirene continuava a soar, como um chamamento. Djogo imaginou um barco ao largo, afastando-se cuidadosamente da costa, atento ao som. Enquanto fumava, sonhou que seguia a bordo, deixando a terra para trás, sempre mais distante, rumo à aventura. Para junto de Vera, do outro lado do mar.

O cigarro terminou. Djogo desfez cuidadosamente a guimba entre os dedos, lançando o tabaco sobre o jardim, três andares abaixo, e guardando no bolso das calças o filtro, para o deitar fora mais tarde, sem que a mãe o visse. Voltou para a sua sala de trabalho, onde o computador continuava a trabalhar em surdina. Olhou para o espaço onde surgiria o holograma da sua criação. Permanecia vazio, uma escuridão iluminada por dentro, em torno de um núcleo profundamente negro. Djogo sorriu, antecipando a vitória e foi vestir um casaco.

Minutos depois deambulava nos carreiros do jardim da casa de família. A propriedade era uma relíquia dos tempos em que, sob ventos de fervor ambientalista, cidades inteiras da então endinheirada Europa haviam sido arrasadas, o concreto dando lugar a parques enormes e a casas opulentas rodeadas de jardins fabulosos. A tendência fora breve, mas deixara atrás de si traços visíveis por longos anos.

Toda a região litoral de Lisboa, de Sintra a Alverca, fora uma das mais afetadas pela febre. Beneficiada por um clima favorável e água abundante, transformara-se numa joia de rara beleza natural, visitada por hordas de turistas, ansiosos por ver jardins japoneses, franceses, ingleses, até portugueses... O bisavô de Djogo soubera aproveitar a oportunidade de negócio e especializara-se na produção de rosas. Os cuidados prestados às flores, a par de uma discreta intervenção genética, haviam criado exemplares únicos, em pouco tempo famosos em todo o mundo.

O filho seguira-lhe as pisadas, fazendo florescer a fortuna da família, sobretudo à custa da sua criação mais fantasiosa: as menores – e mais caras – rosas alguma vez imaginadas, que duravam apenas um dia e cujo perfume era tanto mais intenso quanto menor o tamanho. Chamara-lhes, pomposamente, Rosas de Cascais. Datava desse tempo áureo a maioria das estufas e áreas ajardinadas, assim como a casa – uma profusão de torres todas juntas, altas e esguias, donde se ejetavam, aqui e ali, enormes terraços, suspensos sobre os canteiros e relvados, como outros tantos jardins. Ao longe, a casa parecia uma enorme flor, de pétalas abertas. Pessoalmente, Djogo achava-a horrorosa, mas a silhueta tornara-se tão famosa como as mini-rosas.

O avô fora um homem de ideias rígidas que administrara o negócio e a família com mão de ferro. Morrera quando Djogo era uma criança, mas o rapaz ainda se lembrava do terror que sentira nas raras vezes em que fora levado à sua presença. A última, em particular, marcara-o para toda a vida. Fora no enterro do pai de Djogo, um engenheiro genético jovem e promissor, morto tragicamente de um acidente vascular. Em frente à campa imersa em flores – sobretudo rosas – o avô pousara-lhe a mão no ombro:

– Meu rapaz – dissera na sua voz severa, habituada a ser obedecida –, agora és tu o meu único herdeiro. Tudo repousa nos teus ombros.

E a pressão exercida por essa mão permanecia desde então, como uma canga. Djogo, então com dez anos, não ousara dizer-lhe que o seu sonho era navegar os sete mares e correr as sete partidas do mundo. O avô morrera poucos meses depois, minado, segundo os médicos, pelas drogas e estimulantes que lhe mantinham a energia quase sem descansar.

Mesmo no leito de morte fizera a mãe de Djogo, uma mulher jovem, pequena e magra, de corpo e espírito frágeis, jurar trêmula que velaria pela herança de Djogo, até este ser capaz de assumir as suas responsabilidades. Ela obedecera, da única forma que sabia, mantendo tudo imutável, como no tempo do sogro, controlando tudo, obcecada pela obediência à jura. Lembrando, vezes sem conta, ao filho a obrigação de se manter fiel às tradições criadas pelo avô e ao negócio da família, como se assim justificasse a missão a que dedicara a vida.

Djogo acabara por odiar tudo. O seu desejo de liberdade crescera com os anos e apenas a memória do pai o mantivera em casa. O pai que, contrastando com a severidade do avô e a solicitude doentia da mãe, o ouvira e apoiara seus desejos e fantasias, chegando mesmo a lhe confiar seu próprio sonho de tudo abandonar, desfeito por um casamento imposto. Djogo estava certo que a morte do pai não fora acidental, somente a forma encontrada para escapar a um destino que ameaçava de qualquer forma destruí-lo. Djogo tinha pena. Mas não lhe seguiria os passos.

A ala do jardim que Djogo seguira desembocava no cemitério da propriedade, um dos locais menos frequentados. Djogo encaminhou-se para as campas. O túmulo do avô estava coberto de roseiras avermelhadas, cheias de pequenos botões: as famosas Rosas de Cascais. Ao lado, um canteiro de rosas amarelas assinalava a cabeceira da campa do pai. Com a cabeça cheia de recordações, Djogo acocorou-se e apoiou nela a mão:

– Adeus, Pai. Reze por mim, onde quer que esteja. Amanhã espero estar bem longe. – Sussurrou e prosseguiu com um meio sorriso. – Se tudo der certo, esta será a minha última visita, por muitos anos. Sabe, vou embarcar e viajar para o Brasil. Tenho uma pessoa lá à minha espera, espero que fique feliz por mim... O nome dela é Vera, lembra-se dela? Vim aqui com ela, é aquela bióloga que esteve cá em casa a estudar a estrutura das mini-rosas... Ela é que parecia uma rosa. Uma bela Rosa Negra – Fez uma pausa, imerso em sonhos. – É como vou chamar minha criação, sabe, meu contributo para o negócio. Quem me dera que a visse... Só espero que a mãe faça bom uso dela. Vai ser uma maravilha, digna aqui do avô. E depois, vou para os braços dela, da minha Vera. Para a minha verdadeira vida... É uma troca justa, não acha?

Manteve-se assim mais alguns momentos e em seguida, com um sorriso final, levantou-se. Já amanhecera e a neblina transformara-se numa bruma rasteira que o Sol era ainda demasiado fraco para dissipar. Olhando a paisagem, Djogo refletiu que seria o sonho de qualquer aquarelista. Lembrava-se de ter pintado nos tempos de escola e de ter tido um orgulho especial dos seus trabalhos. Talvez no Brasil...

Um leve odor, estranho, de algo a se decompor, interrompeu-lhe o sonho. Djogo estava habituado ao cheiro do estrume e da natureza em decomposição, mas aquilo... era nauseabundo. Hesitante, Djogo começou a andar, procurando detectar a proveniência do cheiro, entre o perfume onipresente das rosas. Parou no extremo do cemitério, junto de uma pá cravada num monte de terra, perto de um canteiro pronto a ser construído e percebeu que era dali que provinha o fedor. Acocorou-se de novo, cobrindo a boca e o nariz com uma mão. Com a outra afastou um pouco a terra solta. O cheiro tornou-se mais intenso, quase insuportável, quase identificável. E de repente, tocou em algo.

Um pressentimento terrível apertou-lhe o coração e, tremendo de choque e agonia, Djogo sacudiu a terra freneticamente, em torno do objeto. Finalmente, à luz ainda fraca do Sol, a terra libertou uma mão humana. A pele negra era facilmente visível e um dos dedos em decomposição ostentava ainda um anel.

Com um berro de horror, Djogo deu um salto para trás. Todo o corpo lhe estremeceu, de dor e náusea. Vera! Não precisava destapar o resto da terra para saber que ocultava o corpo que há pouco tempo apertara nos braços, num delírio de prazer e alegria incontida. Com um gemido, tapando a boca e o nariz, mas incapaz de se afastar, fechou os olhos para logo em seguida os reabrir, fitando horrorizado o monte de terra que ocultava Vera. Aquela que lhe abrira as portas da liberdade, que lhe ensinara que o amor não tinha de ser uma possessão doentia, o fizera rir e descobrir o encanto das madrugadas...

Mas como? Como podia estar ela agora aqui? Ele próprio a pusera no carro que a levava ao aeroporto, ao avião da família que depois a levaria ao outro lado do mar...

O avião da família! Djogo compreendeu de súbito, e caiu de joelhos frente à quase campa de Vera, o corpo dobrado por uma dor súbita no estômago... Fora a mãe quem insistira que Vera fosse no jato da família. Na altura Djogo sonhara que, finalmente, a mãe se humanizava, via com olhos suavizados o amor do filho e por isso tratava Vera como se já lhes pertencesse...

Agora, tudo se tornava claro. Fora um truque. E ele caíra como um inocente, apesar dos receios de Vera em ser deixada a sós com a mãe dele. Lembrava-se bem da voz dela, rouca e musical, sussurrando junto ao seu ombro, uma sombra entre sombras aninhada contra si:

*– Tenho medo, Djogo. Sua mãe não está bem... Às vezes me olha de um jeito... Acho que ela me odeia... que faria qualquer coisa para me afastar de você...*

*Ele se rira:*

*– Que pode ela fazer, Vera? O único poder que ela tem lhe é dado pelos sistemas de controle da casa e das estufas... Todo o resto, a fortuna, a casa, o negócio, está em meu nome...*

*– Não é disso que estou falando, Djogo.*

*– Então é de quê?! Fisicamente és bem mais forte – e mais bonita – do que ela... – A mão dele acariciara-lhe a anca, devagar, apreciativamente, e ele calara-lhe os protestos com um beijo e depois...*

Depois, entregara-a às mãos da sua pior inimiga!

Havia algo muito estranho em tudo aquilo. Aquilo que ele, Djogo, dissera, era verdade: Vera era bem mais forte e mais alta do que a sua mãe. Como pudera esta imobilizá-la, matá-la e transportá-la? E sem que ele se apercebesse? Enfim, esse ponto era fácil... Ele raramente via a mãe fora das refeições... e a casa era tão grande... Mas matá-la e arrastá-la até aqui...

Não poderia ter tido ajuda dos robôs. Estes registravam junto do sistema central da casa todas as suas ações e uma daquele gênero, não autorizada por ordens médicas, seria imediatamente relatada à polícia do setor... Exceto se a mãe tivesse conseguido, de algum modo, ultrapassar as barreiras do sistema e alterado as disposições de denúncia obrigatória...

Era possível. Era a única explicação, aliás. Ela matara Vera, de algum modo (veneno, drogas, que importava?) e depois a trouxera para o cemitério... Por que não a enterrara logo? Os servidores tinham aberto o buraco, bastava-lhe empurrar o corpo e...

Djogo lembrou-se então que a mãe estivera muito fraca nos últimos dias, encerrada no quarto, mal comendo o que a empregada regular lhe apresentava às refeições. Ele visitara-a umas duas vezes, mas a mãe nem o olhara, agitando apenas uma mão para que ele se fosse...

Só por isso se encontrava ali, ainda, o corpo de Vera, coberto de terra como um cão vadio e sarnento...

Um leve restolhar atrás de si alertou-o e ele se virou de repente, no momento em que um grito, histérico e agudo, cortou o ar. Viu apenas um vulto desaparecer na bruma, entre as árvores. Mas o grito identificara a pessoa tão seguramente como um gesto instintivo. Djogo lançou-se no seu encalço, de cabeça perdida.

Apanhou-a numa ala estreita e mal mantida, apertando-lhe brutalmente o braço. A mulher debateu-se, mas franzina como era, não conseguiu libertar-se. Gritou de novo, com todas as forças.

– Largue-me, largue-me, seu bruto, socorro!

– Sou eu, mãe! Fique quieta!

A mulher obedeceu, hesitante:

– Djogo?... – Reconheceu-o e toda a resistência pareceu esvair-se – Djogo! Que susto, meu filho! – Tentou abraçá-lo mas ele resistiu. Ela levou então a mão ao peito, como que tentando parar o bater desenfreado do coração – o Ai, ainda não estou em mim! Não esperava te encontrar. Que estavas fazendo ali? A esta hora? Não tinhas de trabalhar?

– Melhor seria perguntar o que você estava fazendo ali. A esta hora. – Ela não respondeu e Djogo sorriu com desprezo e amargura. – Uma hora estranha para cavar um canteiro, não acha?

– Não percebo o que queres dizer...

A voz dela traía a mentira. Tentou de novo libertar-se, mas o rapaz agarrou-a com força:

– Ai não, não percebe! Ia enterrá-la, não era? Naquele canteiro que tem estado a preparar. Pensa que não percebi? O que quero saber é o porquê, mãe, por quê?

– Porque ela ia te levar daqui... – Num desespero repentino agarrou-se ao casaco dele. – Djogo, não podes, não podes ir-te embora... Depois de tudo o que fiz por ti, não podes. – Tentou sorrir, num pedido de compreensão. – Se ao menos ela tivesse querido ficar... Mas não. Disse sempre que só estava cá para aquele estudo... E desafiava-te a ir com ela! Eu bem vi, não digas que não é verdade...

Agora era Djogo quem tentava libertar-se. Agarrando nos pulsos dela empurrou-a. Ela resistiu:

– Não, Djogo, não me afastes... Não vês que a culpa é dela, só dela? E eu percebi também o que é que tu tinhas combinado, que aguardavas só notícias para te ires embora... Para me deixares aqui sozinha, nesta casa que eu conservei para ti... O que diria o teu avô? – Fechou os olhos, aterrada. – Oh, que vai dizer o teu avô? Não podes, ouviste, não podes ir-te embora! O teu avô não te deixa! É só eu falar com ele...

Djogo olhou-a, incrédulo:

– De que é que está a falar?! O avô morreu, mãe, e eu estou bem vivo! E não vou perder a minha vida aqui, como você e o pai fizeram, só por medo de um fantasma!

– Oh, filho, não fales assim, ele nunca te perdoará! Ele tem tanto orgulho em ti, és o herdeiro dele...

– Pare com isso, mãe! Pare!

Mas a mulher estava desesperada, torcendo as mãos e puxando os cabelos. Começara a chorar, mas parecia nem dar por isso. Djogo cerrou os punhos, dividido em deixá-la ali, tresloucada e o dever de filho de a ajudar. Calando a dor pela perda de Vera, bem fundo dentro de si, optou finalmente pela última e abraçou-a:

– Está bem, mãe. Acalme-se, por favor, acalme-se. Pronto, eu estou aqui... Vá.

Ela tremia como uma folha num vento de outono. Djogo reparou como ela era pequena e frágil em seus braços, os cabelos outrora negros, prematuramente encanecidos. Não devia ter mais de quarenta e cinco anos. Mas parecia ter sessenta.

Nunca gostara muito dela. Fora sempre uma mãe insegura e por isso demasiado absorvente e dominadora, mas facilmente persuadida a ignorar a desobediência ou a falta de maneiras. A morte do marido deixara-a à mercê da prepotência do sogro e a mesma pressão de que ele, Djogo, queria libertar-se, esmagara o seu espírito fraco. Até levá-la à loucura de assassinar...

Como se lesse os pensamentos dele, a mulher levantou os olhos suplicantes:

– Foi ele, Djogo. Foi ele. O teu avô. Foi ele quem matou a brasileira...

– Mãe, o avô morreu. Não pode ter sido ele...

– Mas foi! Foi ele! Ele me disse como e onde estavam as drogas dele... Era só dar-lhe uma dose elevada... E disse que era para o teu bem...

– Mãe...

Ela debateu-se de novo, desesperada:

– Não, não percebes! Ele morreu, mas ainda está aqui. Ainda vive, nesta casa, nestes jardins... Aparece e fala comigo... Disse-me que era preciso matá-la. E eu tinha de fazê-lo, para salvar a família, tal como ele fora obrigado... Obrigado a matar o próprio filho, que queria ir-se embora... Não podes, percebes, não podes ir. Ele te mata, ouviste? Ele te mata...

Djogo suspirou e começou a arrastá-la pelo caminho afora. Ela continuou a balbuciar, delirando e tropeçando, mas seguiu-o até a casa. Mesmo depois de deitada no seu quarto, continuou o monólogo, agora agitada com medo por si própria, a voz um fiapo quase inaudível, cada vez mais fraco:

– Ele me mata também, se pensar que eu falhei... Ele ficou tão zangado por eu não tê-la enterrado logo... Mas eu não pude, Djogo. Ele pôs-me doente. Mandou os servidores para me ajudarem, mas eu já estava tão mal...

Quando as palavras se tornaram ininteligíveis e ela começou a se agitar num quase delírio, Djogo deu-lhe um sedativo fraco que encontrou num armário do banheiro e ficou vendo ela se acalmar e, por fim, adormecer. Ela repetira várias vezes que falava com o sogro e que fora ele quem assassinara tanto Vera quanto o pai de Djogo. O rapaz refletiu que, considerando o que conhecia do homem, a acusação até era plausível. Pelo menos no que respeitava ao pai... Quanto à Vera, a presença da mãe no cemitério, uma hora atrás, provava sua culpa, irremediavelmente. Mesmo que ela se convencesse de qualquer influência exterior...

Obviamente, não ia denunciá-la. Apesar da dor e da revolta que sentia, Djogo concluiu rapidamente que de nada serviria falar do assunto à polícia. Vera era órfã e uma jovem independente. Passar-se-iam anos até alguém procurá-la. E a mãe seria internada de qualquer forma. Enquanto a velava, Djogo deu por si a rezar com todas as forças para que ela morresse, que tudo acabasse de vez.

Ao fim da manhã, deixou-a para preparar o café da manhã e pediu à empregada que encontrou na cozinha que fosse acordar e tratar da mãe, que passara mal durante a noite. A mulher obedeceu, mas voltou, branca, quando Djogo comia a última torrada:

– O senhor desculpe, mas eu acho que devia ir ver a senhora sua mãe... Ela não se mexe e eu tenho medo...

Djogo olhou-a e suspirou:

– Chame um médico.

– O da senhora?

O rapaz encolheu os ombros:

– Um qualquer...

Foi de novo ao quarto. Como suspeitara, como rezara, a mãe morrera. Finalmente, o seu espírito fraco cedera à pressão de tantos anos. Deixou-a e foi até aos seus aposentos.

Entrou na sala do computador com passo deliberadamente calmo. A máquina parara e aguardava apenas ordem para executar a parte final do programa. Djogo pensou um longo momento. Depois, respirou fundo e, tendo tomado uma decisão, foi fechar as portadas das janelas francesas como se executasse um ritual, sentindo o coração bater fortemente, o estômago se contraindo. Antes de fechar a última portada olhou o jardim, sem conseguir conter as lágrimas. Finalmente, imerso em silêncio e numa semiobscuridade, voltou-se para o lugar onde surgiria o holograma. Em vez de o pedir à I.A. sentou-se à mesa de trabalho, e começou a alterar o programa, aqui e ali. As horas passaram, a empregada trouxe-lhe o almoço e novidades: o médico confirmara o falecimento da senhora da casa e queria falar com ele.

Djogo ouviu-o distraído, aceitando os pêsames e despedindo-se dele à porta. Depois falou para a firma de advogados da família, contou o que se passara e pediu-lhes que tratassem de tudo. Voltou para o computador e prosseguiu as correções, noite dentro. De madrugada, deu ao computador ordem para executar o novo programa e foi tentar dormir.

Na tarde seguinte, foi ao funeral, recebeu as condolências das poucas pessoas presentes e falou de novo com os advogados. Regressou a casa rapidamente e dirigiu-se de imediato ao seu quarto de trabalho. O holograma já não estava vazio.

A Rosa era magnífica. Negra mas luminosa, com milhares de pequenos pontos de luz, brilhando como centelhas nas pétalas aveludadas. Nascia de um caule frágil, dourado, entre folhas cor de ouro velho raiadas a negro. Djogo sorriu tristemente. Quase sentia a satisfação do computador no trabalho executado. Não resistiu a meter-se com ele:

– Gostas?

A I.A. respondeu monocórdia:

– A realização desta rosa foi um desafio digno do seu avô. No entanto, tomo a liberdade de chamar a sua atenção para o odor...

– Não precisas. É de propósito.

A voz sem timbre pareceu assustar-se:

– De propósito?! Mas, mal abrirem, as flores... Deixe-me alertá-lo para as consequências desastrosas...

– Não precisas. Sei o que estou a fazer. Inicia a fase final.

Saiu sem sequer verificar se o computador lhe obedecia. A I.A.

tinha as suas ordens e não podia contrariá-las. E ele tinha ainda muito que fazer, que preparar...

Djogo passou o resto do dia a despedir e a indenizar jardineiros e outro pessoal de manutenção da casa e do jardim. No princípio da noite foi ao seu laboratório privado. Num pequeno tabuleiro o computador depositara cinco sementes. Djogo plantou-as em pequenos vasos de barro e foi-se deitar. A I.A. acordou-o de madrugada, avisando-o que as plantas já germinavam. Djogo foi examiná-las. Como planejara, os pequenos caules tinham cerca de dez centímetros de altura. Pegou os vasos e dirigiu-se ao cemitério. Cobrindo a boca e o nariz com um lenço, aproximou-se do lugar onde ainda jazia, enterrado, o corpo de Vera. Cavou e plantou ali os pequenos pés de roseira, regando-os de seguida. Sabia que cresceriam rapidamente e morreriam mais depressa ainda.

Voltou para a cama e desta vez dormiu sossegadamente até o meio da manhã. Quando acordou foi comer, tomar banho e se vestir. Atirou alguma roupa para uma mala e em seguida foi programar o servidor central para se desligar automaticamente e às suas extensões em toda a casa e dos jardins, dali a vinte e quatro horas. Depois, foi fechar portas e janelas, cobrir com lençóis sofás e outros móveis. O fim da tarde chegou com os últimos preparativos. Tomando uma última refeição olhou para o relógio e, depois de limpar o frigorífico, foi de novo ao cemitério. As rosas recém-plantadas haviam florescido todas e tinham vários botões, prontos para abrir. Djogo tocou-as ao de leve e afastou-se devagar, com um derradeiro olhar para as campas.

Passou as últimas horas no seu terraço, a ler e a fumar, atirando as guimbas para o chão. Quando a meia noite soou num relógio de igreja próximo, fechou o livro e levantou-se. A noite estava serena, a Lua cheia dominando o brilho das estrelas e refletindo-se no mar com toda a glória. Djogo apreciou a beleza e serenidade da paisagem e só se moveu quando um cheiro doentio lhe chegou às narinas, entre o das rosas.

Foi então até à garagem e entrou no carro onde colocara a mala. Guiou-o em manual alameda afora, até ao portão da propriedade, que abrira horas antes. Atravessou-o e saiu do carro. À entrada parou para olhar o jardim uma última vez. Um odor adocicado e podre chegou-lhe, tênue, às narinas. À sua volta uma estranha doença parecia apoderar-se de todo o jardim e as plantas mirravam e caiam em torno. Algumas árvores, mais resistentes, brilhavam suavemente ao luar. Djogo sabia que não tinham a mínima chance. Sorriu maldosamente:

– Adeus, avô. Goze bem os seus jardins.

Fechou o portão e voltou a entrar no carro. Olhou pelo espelho retrovisor para as copas e para os muros:

– Adeus, pai. Adeus, Vera. – Fez uma pausa, mas não encontrou mais nada para dizer. Tristemente, ligou o carro, colocou-o em movimento e seguiu estrada afora. A hora da liberdade chegara.

# A CASA DE UM HOMEM **Luís Filipe Silva**

*For a man's house is his castle, et domus sua cuique tutissimum refugium.*
Sir Edward Coke

A bloquear-nos a passagem estão dois putos das SS a pegar fogo a um vagabundo. Riem-se, berram com ele, despejam entusiasmados o conteúdo líquido de um balde sobre a figura prostrada no chão como se tivessem descoberto um brinquedo novo. Estão tão bêbados que mal se aguentam de pé. O velho treme, imóvel como um rato encurralado, e limita-se a olhar a ponta acesa de cigarro em vôo pelo ar que lhe acerta no peito e se transforma em sentença final. O taxista no assento do condutor solta um grunhido de aborrecimento e recosta-se, num desprendimento absoluto que denuncia familiaridade com a experiência e um puro terror, sabendo que assiste a um acto sobre o qual não tem qualquer controlo e que poderia tê-lo a ele, facilmente, como alvo. Pela janela semi-aberta, surge a baforada acre da gasolina a arder, o cheiro enjoativo e adocicado do fumo, os berros desesperados do homem. A figura rebola no chão em agonia e tenta apagá-lo, mas o fogo consome-o numa fúria cega e em breve fica imóvel. Os SS ficam-se a rir e a beber das pequenas garrafas à espera que o fogo se extinga. Estão no nosso caminho e em breve vão dar por nós. Ocorre-me que não há mais ninguém nesta praça, ninguém que se interesse ou venha em socorro. O táxi em que me encontro passa de súbito de conveniência a armadilha. Agora entendo a razão por que nos fazem assinar o termo de responsabilidade na fronteira, no qual o visitante é informado que a região independente não está ao abrigo da convenção de Direitos Humanos e que assume a responsabilidade de tudo o que lhe possa acontecer. Esta não é a minha terra. Vim apenas à procura da minha casa.

– Não é muito sensato julgar que um principiante conseguirá abrir portas que um profissional abordaria com cautela – comentara Marcos, o detective privado cujo cachimbo (uma peça elegante com fornilho de silicato de hidromagnésio na forma de um tritão, que segurava com evidente apego) viajara, durante toda a reunião, de um canto da boca para outro, denunciando ansiedade e insegurança. Agora denunciava algo mais singelo: o negócio estava a escapar-se-lhe, e ele não entendia por que.

– Quando era novo, tinha o meu negócio de *software* pirata a comando dos russos – respondera-lhe, fornecendo-lhe informação que ele perderia tempo a tentar confirmar, mas sem sucesso. – Não sou propriamente um novato.

– Há quantos anos foi isso? – sorrira. O cachimbo passou para o canto esquerdo. Ainda iria tentar assustar-me mais uma vez. – Ouça, esses gajos são paranóicos, e faz todo o sentido que o sejam. Controlam cultivos ilegais de bactérias de consumo dirigido, sabe de que falo... Aquelas que se o infectarem você fica viciado na compra de um determinado objecto fútil, na qual é capaz de gastar todo o seu dinheiro. As doenças são tão difíceis e dispendiosas em detectar e curar que alguns governos estão a punir este acto com a pena de morte, e mesmo assim esta gente não se assusta, veja só o que o aguarda. São gajos habituados a monitorizar o tráfego da *Net* para roubo de identidade, de informações comerciais privadas, de outros negócios ilícitos. Alguns deles sustentam o Olho Público. A maior parte é de turcos e arménios cujos pais vendiam armas no mercado negro. Tem a certeza de que consegue lidar com isso tudo?

– Posso tentar.

– A sua casa é assim tão importante? Por que não compra outra?

– Valor sentimental. Foi escolhida pela minha mulher, foi ela que a mobilou, que a equipou. Parecia um pequeno palacete, com dois pisos e uma ampla sala autónoma. O meu puto nasceu lá. Está cheia de memórias gravadas a que costumo aceder quando, entende, a saudade aperta. Reproduz as nossas vozes, o riso do miúdo, o cheiro de uma casa ocupada. Vivemos momentos muito felizes, percebe, até... Ao acidente... – não era preciso sequer ser bom actor, bastava fazer um ar bastante angustiado, o que naquele momento não me era nada difícil. Marcos mostrara-se visivelmente incomodado com tanta emoção desnuda. Possivelmente nem se deu ao trabalho de verificar, logo que eu saí, se a informação era verdadeira.

– Olhe, entendo o que está a sentir, mas é meu dever avisá-lo que a sua casa possivelmente já foi limpa de memórias e estará a ser vendida como qualquer outra em segunda mão. Já não se lembrará de si nem os piratas guardam as memórias que apagam. O melhor mesmo é passar um pano sobre o assunto, accionar o seguro e comprar uma nova, mesmo que mais modesta. Recomece a vida. Quem sabe se não é o Destino?

– Ainda não estou preparado para isso. O Destino interveio no acidente, neste caso estamos a falar de crime organizado. Há uma intenção por detrás do acto, e quando há intenção há culpados. É diferente.

– Procura vingança?

– Procuro um desfecho – fitara-o então com olhos endurecidos e determinados. Inspirava-me nos *thrillers* em que vi contracenar o primeiro dos Eastwoods digitais, antes de lhe terem suavizado o aspecto para não chocar o público nem o moderno repúdio da violência. As verdadeiras grandes interpretações acontecem no dia-a-dia, gestos efémeros que passam despercebidos, têm real impacto, mas nunca ganham prémios.

– Compreendo – Marcos soltara então uma baforada teatral, assinalando o fim da conversa. Era tão óbvio que gostava de impressionar os clientes com essas imagens de filme *noir* como era óbvio que era a pessoa errada para aquele trabalho. Mas mantivera-se pensativo, e logo abria o assistente electrónico e me passava um contacto. – Não vou poder ajudá-lo, mas vou indicar-lhe uma pessoa. Diga que vai da minha parte.

Era o que eu pretendera desde o início. Aceitara-o com agrado.

– Olhe, tome cuidado com os fanáticos. Os que não fazem apenas pelo dinheiro. São os piores – rematara Marcos, mas eu já tinha a mente nos próximos passos.

E assim me encontro aqui, nesta terra inóspita, a ser inspeccionado minuciosamente ante a lanterna de um puto bravo que deve ter metade da minha idade mas mostra uma bestialidade experiente. O motorista discute num alemão com sotaque que me esforço para não mostrar que percebo e evitar que me coloquem perguntas directas. O mais alto mostra um sorriso manhoso e estica as mãos.

– Tem uma nota grande? – pergunta-me de repente o motorista num português perfeito.

– Euros? – rebusco no bolso.

– Claro. O dinheiro não tem pátria – pisca-me o olho enquanto lhe ofereço o dinheiro. Mais uma troca de palavras, mais um conjunto de ordens ladradas, mas os dois militares mostram-se visivelmente mais calmos, tendo embolsado as notas. Mandam-nos avançar e o momento de perigo fica para trás. Bem como os restos fumegantes, enjoativos, do vagabundo que não teve a mesma sorte.

– Lidou bem com a situação – comento enquanto o veículo avança nas ruas escuras em direcção à praça central. O odor muda, torna-se maresia salgada e húmida, que é acompanhada pelo som discreto mas pernamente de ondas à distância.

– O truque é não mostrar medo. E ter dinheiro vivo à mão. E ficar submisso. Sem medos, com dinheiro, e submisso. Como eles gostam que a gente seja.

– É arriscado, ainda assim, com a profissão que tem, sozinho à noite...

– É arriscado desde que nascemos, que é que se há-de fazer? Para onde há-de ir um homem, que é que há-de fazer, se não aquilo que sempre fez, o que sabe, onde sempre esteve? Estas ruas, conheço cada canto e elas conhecem-me. Há cinquenta anos, cavalheiro, há cinquenta...

– Não percebi que era desta vila.

– Os que têm cargos baixos e que eles ainda não mataram, geralmente, são-no. Toleram-nos, como os cavalos toleram as moscas. Aos outros, matam-nos a todos.

– Até turistas?

– Principalmente a esses. Para virem fazer turismo para aqui, ou são doidos ou são espiões – e lança-me um olhar de soslaio como se quisesse perceber a qual das estirpes pertenço.

Em breve chegamos a Alexanderplatz, que não é realmente uma praça, mas uma rotunda, concebida para impedir o avanço dos carros e obrigar as visitas a apearem-se e seguirem a pé. Imponente e perigosa, descubro a maior fortaleza desta terra, uma besta que se agarra à rocha extensa que sobranceia o mar como um demónio adormecido no precário equilíbro da falésia. Parece estar incrustrada no próprio veio da terra, com a sua superfície polida e brilhante como se feita de uma peça única, impossível, de opal negro, que reluz no interior com milhares de cores difusas e sugere a existência de uma pele coberta de escamas, acentuando a imagem do demónio. Torres que Speer nunca conseguiria imaginar e muito menos realizar com a tecnologia de então, elevam-se com a altura de cinquenta homens, e enovelam-se no alto, cujos topos, mais volumosos que as finas bases, revelam a graça e a força tênsil só conseguida por materiais elaborados a partir de moléculas únicas e incrivelmente extensas. Encontram-se fortemente iluminados por uma luz vermelha cuja função é alertar contra a aproximação de transportes por água e ar, mas que igualmente consegue produzir, com plena consciência disso, a imagem de dois olhos sempre vigilantes, continuamente irados. Não há contudo olho mais terrível que o da suástica imensa, ondulante num tremor digital, que encima toda a estrutura e a ilumina nesta noite sem lua.

O caminho de aproximação – a pé, do outro lado da rotunda –está delineada por luzes de presença, e assume a forma de uma comprida língua, conduzindo directamente à boca do demónio.

Não levo a mal que o taxista quisesse despachar-me.

–– Não consigo ir-me embora – continua a falar enquanto lhe pago, embora esteja já no exterior do carro. O acontecimento da noite soltou-lhe a língua. Isso, e julgar-me português como ele. – Nasci aqui. Ainda sonho com o dia em que isto volte a ser a Sagres que era na minha infância. Eles traíram-nos, os cabrões. Votámos neles e retalharam o país para pagarem as dívidas externas. Podiam ter ao menos vendido a outros, e não a estes...

– Cale-se – digo-lhe. – Você não sabe quem eu sou e o Olho Público está em toda a parte. Vá à sua vida.

O homem cai em si de repente, não diz mais nada e acelera. Tiro uma fotografia à matricula do veículo que se afasta e envio-a para o meu arquivo pessoal em Inglaterra. Se me investigarem saberão quem foi a última pessoa a ver-me com vida.

Não que queira ser investigado por quem fosse. Pelo menos, não acontecerá em tempo útil, para me salvar, pelo que me limito a expandir um arquivo histórico. O dia em que me descobri sem casa cancelei todos os compromissos que tinha e transferi as poupanças para Madagascar. Os vizinhos ficariam a pensar que tinha ido de férias ou mudado de localidade, o que não era nada de estranhar nesta era de habitações volantes, e não chamariam a polícia. Suspeitei logo de um ataque directo, pois as casas dos vizinhos mantinham-se controladas ou no mínimo fixas no local – e decerto que não teriam o mesmo nível de segurança militar que a minha. Ataque directo implicava que era pessoal, de alguém que me conhecia, ou seja, que conhecia o meu passado. Mas quem poderia ser? A maior parte deles tinha já morrido, os outros viviam existências inofensivas. E ninguém ficara a saber qual tinha sido o resultado da experiência.

Ou, pelo menos, era isso que eu pensara... Até agora.

Felizmente, em tempos tinha tido o bom senso de artilhar a estrutura com um conjunto de localizadores dissimulados. Ao pesquisar na *Net*, encontrei-a em trânsito pela América do Norte. O que fazia ali e como chegara tão prontamente era assustador. Não tentei ordenar-lhe que voltasse – podia haver espiões à escuta. Dirigi-me ao contacto apresentado pelo Marcos. Era psiquiatra de sistemas.

– Passe-me a lista de rotinas da casa – fi-lo. Leu-a atentamente. Assobiou. Tinha deparado com os programas específicos de defesa. – Não fazia ideia que o exército tinha chegado ao fim com a operação Transformers...

– É uma versão beta, nunca foi colocada em prática, possivelmente nem funciona na totalidade Duvido que os ladrões quisessem por-lhe as mãos em cima – disse-lhe, para que se concentrasse no essencial. Até porque era verdade. Aquele *software* era supostamente capaz de, quando accionado, assumir o comando de todos os dispositivos inteligentes num raio físico limitado para os usar como se fossem uma só unidade de pensamento. O que significava que, de súbito, as casas da vizinhança, os transportes privados, as células de comunicação, deixariam de responder às ordens dos donos e tornariam-se em armas de ataque ou defesa, muitas vezes sendo sacrificadas ao se colocarem no caminho de mísseis para defender o núcleo central de processamento. Que motivos teria eu tido, até então, para o usar? – Um amigo devia-me um favor...

– Grande amigo... Ou grande dívida... Não vejo nada mais aqui de invulgar, bem, além de algumas rotinas de segurança militares que não se encontram nas fracas casas da gentalha comum, mas tudo isso se adquire no mercado negro. O resto é o habitual conjunto de programas de manutenção doméstica, limpeza, aquecimento, viagem. O Escudix é uma defesa forte.

– O motivo deve ser outro, e não interessa para aqui. O que quero saber é como poderão ter passado por todas estas seguranças – perguntei.

– Bem, o mais certo, penso eu, é que a casa continue inviolada. Está a ver, esse tipo de defesas não morre docilmente; aguenta-se até à última, mas quando percebe que não vai conseguir, rebenta com tudo. A sua casa teria ficado incapacitada de se mover, sem qualquer cérebro activo capaz sequer de abrir uma porta. O facto de isso não ter acontecido apenas revela que possivelmente continua inviolada. O que são boas notícias.

– Mas então o que aconteceu?

– Esses programas domésticos da sua casa, em particular o de limpeza, não são perfeitos. Têm rotinas de prioridades que se manifestam como desejos e entram em conflito com as vontades dominantes dos programas de segurança e intocabilidade. Ora, a casa é um ser inteligente, está preparado para sentir como nós. Vontades não realizadas geram frustrações, frustrações geram depressão, depressão gera inconsistências no processamento e re-prioritização das vontades... O *yin* e o *yang* dos velhos conflitos familiares, por assim dizer, a vontade do homem contra a mulher, neste caso num casamento versão informática – ele mostrou um sorriso divertido, mas que logo cessou pois viu que eu não estava para graças. – Isto leva a que a casa possa ser enganada por sinais externos, em particular se o programa de busca de serviços estiver activo. Imagine que deu ordens para que a casa poupasse dinheiro nas tarefas de rotina; a necessidade de manutenção periódica, combinada com a descoberta de promoções fictícias, lançadas como engodo por esse tipo de piratas... A casa pode ser induzida a pensar que é mais prático ou mais barato ir limpar-se no outro lado do mundo, e o *software* de segurança, porque está descompensado em nível de credibilidade no sistema interno, não consegue impedi-la. Quando chega ao lugar, os ladrões normalmente têm meios de entrar nela, desligar-lhe o *software*, remodelá-la e vendê-la a altos preços no mercado negro. Casas móveis são muito procuradas nas Américas. Embora aqui, dado o seu tipo de seguranças, isso não deva ter acontecido.

– Então posso recuperá-la? Basta chamá-la pela *Net*?

– Não, não faça isso. Os ladrões estarão à escuta, e poderão copiar a sua assinatura digital. Tem de fazer isso presencialmente.

– Em pessoa? Deslocando-me para *aqui*? – apontei para o lugar no mapa. Ficava algures no extremo noroeste dos Estados Unidos. O que fora conhecido por Nova Inglaterra e que agora era a Zona. Onde ninguém podia entrar.

– É onde a sua casa diz que está... – ele também não conseguia acreditar. – Já pensou em comprar uma nova?

Porque me diziam todos isso? Alguém nos rouba o espaço onde vivemos e temos de aceitar passivamente?

Entrar na Zona não seria fácil. Mas talvez uma determinada pessoa me pudesse ajudar.

Acabaria por fazer a viagem numa casa alugada, um pequeno quarto com *kitchenette* e lavatório no qual mal me podia mover. Passei horas dentro dele enquanto sobrevoava o Atlântico, congeminando as próximas acções e informando-me intensamente sobre os movimentos secretos do submundo informático, que não visitava há décadas. O mais interessante e difícil de controlar era o esquema da célula reprodutora

– ou pelo menos assim o informava o Olho Público, ao qual tinha de se dar um desconto por sua apetência para os mitos urbanos. A célula funcionava apenas na *Net* e era um conjunto de rotinas espalhadas por *software* – *software* legítimo e que, como tal, sustentava as operações de milhares de empresas, julgando-se seguras –, activando-se apenas quando determinadas condições se cumpriam. Digamos, no desvio de cêntimos em cada transacção financeira mundial. Ou influenciando dissimuladamente a evolução das bolsas em todo o mundo. Ou desviando encomendas de mercadorias para mercados negros. Esse tipo de *software* continuava a ser comercializado em regime de exclusividade corporativa, mas quem o programava eram *freelancers* de toda parte do mundo – a falta de controlo directo do produto final era enorme. E como não havia um núcleo duro de dissidentes, nem ninguém tomava decisões explícitas, mas pertenciam a comunidades virtuais, seguiam rumores e se desfaziam no vento para voltar a surgir noutros locais mais tarde. Era difícil de persegui-los legalmente.

Aterrei no porto de Nova Iorque, no meio de uma tempestade que erguia ondas ferozes contra os pontões fortificados de Manhattan e faziam balançar os barcos de bambu, atados uns contra os outros, e que se estendiam por ambos os braços do rio como uma floresta de juncos ou canavais. Eram habitações de imigrantes, a maior parte delas por escolha consciente do que por falta de oportunidades em terra – na prática, uma cultura isolada e nómada que aproveitava a energia das marés para se auto-sustentar e vender a outras comunidades autónomas de imigrantes dispersas pela ilha. A energia do Estado era cara e todos queriam fugir-lhe. E contudo, pensava eu, como era possível viver ali, dois milhões de almas co-habitando em espaços ínfimos, sem qualquer privacidade, em embarcações precárias que um dos furacões anunciados poderia destroçar em segundos? Nova Iorque tinha-se transformado numa Hong Kong de espírito mais intensa e feroz que esta actualmente era; tudo aqui, aliás, era e sempre tinha sido mais competitivo, mais forte, *mais*. Aguardei pacientemente a aproximação de um transportador que me levasse para o nicho alugado de uma estrutura na Sétima Avenida, recordando a minha última visita – há quanto tempo! – e tecendo cuidadosamente o argumento que me conduziria à Zona. E quando a casa alugada se fixou na estrutura, fui ao encontro de Shepard.

O problema dos amigos do nosso passado que costumávamos admirar e que ficamos sem ver durante muito tempo é que normalmente desiludem-nos, e fazem-nos recordar como nós também estamos distantes dos dias de glória. Roy, em seu favor, continuava prático como sempre, e não fez demasiadas perguntas. Parecia satisfeito com a distracção, talvez lhe recordasse uma das nossas missões secretas. Ele agora pertencia aos *rangers* de controlo da Zona, o que facilitava as coisas, e logo encontrou um bimotor que nos conduzisse ao perímetro. Aparentemente o centro do sinal estava bem dentro da infecção. O que o deixava céptico – casas refugiadas no sítio mais inóspito e artificial do planeta? –, mas ao mesmo tempo cheio de curiosidade.

Porém, não continuava exactamente o mesmo. Perdera a capacidade de dissimulação. Encontrava-se naquele limbo próprio dos expatriados, em que as saudades de uma terra que já não existe se mistura com a culpa de a terem abandonado prematuramente. Shepard vivia num Texas que no seu espírito ainda era americano. Acentuara a fala de *cowboy*, mantinha a pele clara e os olhos azuis expostos, um dos poucos brancos genuínos remanescentes em Nova Iorque. Tinha sido fácil encontrá-lo, demasiado fácil.

Se nele algo mudara era por força dos anos, e não para melhor. Quando me viu, quando encarou o meu aspecto e percebeu o motivo, não tentou sequer esconder a repulsa.

– É aqui o controlo do perímetro – sobrevoávamos o interior de Nova Inglaterra, outrora planície verdejante, agora terra queimada pelos produtos lançados periodicamente pelas missões de vigilância e que separava o perímetro habitável do que o Olho Público gostava de tratar como NKA, ou "Nature Kicks Ass", embora as teorias aceites (desde uma operação militar falhada a um ataque terrorista bem sucedido) concordassem que a Natureza não tinha sido responsável pelo fenómeno. O Olho também afirmava que a infecção ia reclamando cinco porcento de território por ano, embora os dados oficiais indicassem o contrário. Quem tinha razão?

– Não sei – respondeu Shepard, despejando mais informação do que eu estava interessado em ouvir. – Mas que não cede terreno, isso é verdade.

E ao longo de hectares sem fim a terra mostrava os novos habitantes. Manadas de gigantescas lesmas terrestres. Paisagens de cristais de sal habitados por insectos multiformes cujos formigueiros atingiam centenas de metros de altura. Uma selva verde e densa de ramagens mas que era na prática um único organismo com o tamanho de quilómetros. Mastigadores de terra que construíam catedrais de silício onde depositavam ovos e que eram guarida de centenas de espécies menores. E essa ecologia era tão resistente que não soçobrava ante pesticidas, fogo ou mesmo bombas atómicas – acabava por se regenerar, com outras formas, no espaço de anos. Sobrevivia em condições que nem a própria ecologia terrestre seria capaz de enfrentar.

– E não se espalham pelo ar? Por meio de esporos?

– Não há outras zonas. Mas se isso acontece, não temos forma de controlar. Se calhar, estamos já todos infectados, e a aguardar um sinal de ataque – parecia realmente velho. – Como podes ver, não entendo onde é que pode estar a tua casa.

Assenti. Não fazia sentido. Até receber uma mensagem no telemóvel.

*Wer nicht vorwärts geht,*
*der kommt zurücke.*

O tempo pareceu deter-se. Senti um choque percorrer-me por todo o corpo, como se tivesse sido atingido fisicamente.

Tinha estado longe, tão longe da verdade.

Shepard espreitou por cima do ombro.

– Göethe? – perguntou. Eu acenei que sim. Ele soltou uma gargalhada.

– Aquele filho da mãe, não havia nada que o derrubasse. Quem diria...

Mas havia, pensei. Eu tinha visto. Tinha-o visto tombar em chamas sobre Berna. Pensei então que nunca mais me teria de preocupar. Até hoje.

O avião estava a dar meia-volta. Olhei para Shepard. A expressão dele confirmou o que eu pensava. Era um engodo, a casa estava bem longe deste local.

Ponderava os meus próprios passos. Conseguiria percorrer o percurso de transmissão da mensagem, descobrir a sua origem. Possivelmente tinha sido enviada por esse motivo. Ele cansara-se de esperar, e agora aguardava em seu próprio território. O meu fracasso concedera-lhe vantagem. E aparentemente ele tinha ainda outra surpresa na manga.

Shepard começou a reagir à situação. Algo que ardia dentro dele, com muita raiva e desde há muito tempo.

– Só nos trouxe dissabores. Foi por isso que nunca quis experimentar – começou a dizer. Mostrei-me indiferente, a ver se ele se calava. – Anos e anos a ver-me ao espelho. Como é possível viver assim? Rugas e artrite e a vista a falhar. Tanto esforço para quê? Tanto que nos preocupamos nesta vida, e apenas temos como promessa o facto de que acaba... – olhava-me enquanto falava. Suspirava profundamente. – Mas a alternativa... Para mim era demais. Para ti não deve ter sido. Eu sei quem tu és. Eu sei o que está naquela casa. E porque a queres tanto.

– O desejo de um homem esconde-se naquilo que odeia – respondi-lhe.

– Estás muito enganado. Nunca desejei aquilo. Pensas que quero ser um monstro como tu? Já viste como o Olho vos chama? Imagina se soubesse que é verdade.

Voámos em silêncio depois disso. A terra ficou mais próxima. À distância, conseguia ver pilares que rebrilhavam ao sol, cobertos de matéria suja e peganhenta, por onde passeavam formas aracnóides maiores que o avião onde nos encontrávamos. Sabendo perfeitamente como era impossível esse facto e terem a mesma constituição orgânica dos aracnídeos naturais, enchi-me de curiosidade em perceber como respiravam, como se moviam, que estrutura orgânica seria a delas.

– Se esta terra está como está, é por nossa culpa – remoía Shepard sozinho. Nunca o vira tão abatido. – De gente como nós. – Olhou para mim, novamente. – Estou a morrer, sabes? Enquanto tu ficas aí eterno e... Doença incurável... Depois de tudo, e o que deixo é... é... – O queixo apontou para fora. Estava perfeitamente transtornado. – E sem poder fazer nada para...

O pensamento atingiu-o ao mesmo tempo que a mim. Lançou a mão para o comando, e já eu estava a segurar-lhe no pulso, a torcê-lo, a lançá-lo para o chão. Não fosse o tratamento e a idade dele, não teria conseguido demovê-lo. Ainda assim, ele pontapeou-me e lançou-me contra a janela do aparelho, partindo o assento e segurando-me com este, à distância. Depois tentou parar os motores novamente.

Não perdi tempo, retirei um alfinete preso à camisa e piquei-me abaixo do polegar da mão direita, onde o que parecia uma bolsa de pele queimada armazenava uma toxina potente. Deixei-o encher e enterrei-o na veia do braço com que tentava segurar-me. Agia rapidamente quando transportado pelo sangue, e logo ele tombava, a espumar da boca, os pulmões cheios de líquido, os olhos esbugalhados da falta de ar. Não demorou muito.

– A cada um o seu destino – disse eu baixinho. Conduzi o aparelho de regresso ao aeroporto, aterrei e depois ordenei-lhe que voltasse para a zona infectada e a sobrevoasse às voltas até acabar o combustível. Tinha sido em tempos amigo e herói, mas não há amizade que dure para sempre.

E foi assim que me encontrei aqui, no *hall* de entrada da fortaleza. Certo de que assistirei ao fim de outra amizade.

– Samuel – aborda-me com os braços abertos. Há muito que não me tratam por este nome.

– Hans – não chegamos a tocar-nos, é tudo fita. Em cada um de nós há toxinas na pele suficientes para paralisar o outro.

– Entra, vem conhecer o meu lar – enverga o uniforme de *Übercommander*, embora na versão de Hollywood e não a legítima. Cabos e outros militares acólitos apressam-se a abrir-nos as portas, a passar-lhe uma bebida para as mãos e um charuto. Mais teatralidades. A alcova onde nos refugiamos está cheia de divãs reclináveis vermelhos, uma pequena lareira, uma garrafeira com vinhos importados e uma janela que dá para o oceano. Sentada num dos divãs está uma miúda pequena, com caracóis, e de pele muito branca. Mas os olhos fortemente azuis estão cheios de rugas e olheiras.

– A minha filha – apresenta-a. – Querida, este é um velho amigo do teu pai.

– Olá, sou a Vlana – diz, numa voz doce e inocente.

Prescruto a miúda dos pés à cabeça. É exactamente o que parece.

– Um depósito regenerador ambulante? Que passa despercebido? Que ideia manhosa... – comento em voz alta – Embora não deva ser muito eficiente. A reprodução num corpo vivo é desgastada pela manutenção do mesmo. Nunca consegui manter a solução pura muito tempo. Que idade tens, pequenina?

A miúda olha para Hans. Este assente com a cabeça.

– Quarenta anos – diz ela, numa voz muito doce. Continua infantil, ainda pré-adolescente naquela idade física; o crescimento do raciocínio e do corpo está controlado ao pormenor, e decerto não faz ideia da razão. Nem de como foi gerada. Deve ter-lhe sido dito que tem uma doença incurável.

Hans segue a conversa, divertido. Não quero passar mais tempo do que o necessário na companhia dele.

– Vamos ao que interessa, Hans. Quero a minha casa.

– E tu sabes o que eu quero. Dá-me isso e podes ficar com a tua casa.

– Não negocio com gente da tua laia. Também sabes disso.

– Como se tu fosses um anjo... Embora tenhas nome de anjo, não é, Samuel? O dissimulado? És como a democracia de antigamente. Tudo aparência, e, por dentro, hipocrisia. Vamos todos fingir que nos toleramos uns aos outros. Ao menos aqui as coisas são honestas e sinceras.

– Ah, sim, é uma terra de oportunidades.

– A verdadeira democracia não é aquela em que temos de gostar uns dos outros; é a que nos dá a liberdade de odiar e destruir quem odiamos.

– Nisso estamos de acordo – digo-lhe, dando dois passos em frente, ficando mais próximo da miúda. – Porque odeio-te e apetece-me destruir-te.

– Bem sei, insolente – fala agora em germânico; o tom que usa para se dirigir aos soldados. – Já tentaste uma vez, e falhaste. Tinha descoberto o teu precioso segredo, aquele que não querias divulgar. Agora a situação é outra.

– Ora essa, Hans, sabias bem que eu não aceitava chantagens. Tal como não aceito agora.

– Mas desta vez não tens alternativa... Não estou dentro de um monomotor que possas novamente sabotar... – fez um aceno aos homens. Eu reajo. Estou cheio de adrenalina e estimulantes. Não me conseguem parar.

Num movimento mais rápido que o instinto, agarro o pescocinho da miúda com o braço esquerdo, aquele que não é meu, e aperto. Os dedos esmagam a pele, traqueia, caróticas. A miúda estica a língua para fora. Aperto mais, com um torção ligeiro, até que solta um estalido. O corpo estremece uma só vez e fica quieto.

Só então o primeiro guarda se acerca de mim. Viro o mesmo braço com toda a força, a mão em riste. Atinge-lhe a maçã de Adão, empurrando-a para dentro. É impulsionado para trás e cai no chão, agarrado ao pescoço.

Os outros guardas foram mais inteligentes, e puxam das armas. Estico o braço na direcção de Hans. Até parece que o estou a saudar.

– É uma prótese biónica e está cheia de C4. O suficiente para arrasar com esta merda toda. Diz-lhes que se afastem.

Hans parece um peixe fora de água, olhando para o meu braço e para o corpo da miúda. Começo a pensar que ele não tem outro regenerador de reserva. E a solução dentro deste está a morrer.

Avanço na direcção dele, sempre a berrar, apenas focado nele.

– Liberta a minha casa e deixa-me sair. Depressa, antes que seja tarde demais para ti.

Ele demora a reagir – está a tentar congeminar um plano. Não o deixo. Agarro-o pelas condecorações falsas, que se espalham pelo chão, passo o braço à volta do pescoço dele. Se atirarem contra mim, irão atingi-lo. Se me acertarem no braço, adeus a tudo isto.

Ele percebe e pede aos guardas que ponham as armas no chão. Não quer arriscar. Vai tentar safar-se por negociação.

Eu é que não estou para isso. Puxo-o de encontro à janela.

– Espero que saibas nadar.

– Que fazes? Isto é muito alto, morremos os dois.

– Até parece que queres viver para sempre!...

– Pára. Pronto, vê – tira o telemóvel do bolso, envia um código. – Já libertei a tua casa.

– Oxalá digas a verdade. Senão, vais morrer em vão – e com a força toda do braço, faço-o rodopiar contra a janela. Embate contra ela vertiginosamente, desfazendo-a em milhares de pedaços, tombando pela falésia. Os guardas demoram a recuperar as armas e então já estou de pé, já soltei o antebraço, já me lancei pela abertura. A explosão lá no alto é tão forte que ainda me queima os cabelos da nuca. Passam-se segundos até embater na água, e é quase como se embatesse contra pedra.

Fico a boiar na corrente, semiconsciente. Mal noto o helicóptero silencioso, mas surge na hora e forma combinadas. Nada como confiar num estranho e no dinheiro que lhe prometemos – por vezes sobrevalorizamos a amizade...

Faço a recuperação em casa. Estava mesmo a precisar de um banho. Neste caso, é um banho que dura oitenta horas, e quando acordo, estou uma outra pessoa. Ou melhor, volto à pessoa que fui. Que continuo a ser. E penso, desta vez, como é irónico termos chegado, eu e Hans, quase à mesma solução – embora Hans continuasse preso a uma necessidade de poder absoluto, e não conseguisse ver mais além; ele que era o homem das citações. *Man sieht nur das, was man weiß*. Mas afinal sabia pouco.

Mas também eu estava cego, quando o cerco começou. Tudo o que sabia era que havia uma mulher e havia um feto e que havia uma morte certa à espera de todos nós. As semanas que passámos sem esperança, encarando as gentes à nossa volta lutando por carne podre e poças de lama, chegando a ponderar na morte conjunta e libertadora, até ter percebido a resposta. A resposta que estava ali, tão evidente e tão à mão.

Não precisava eu apenas de um útero funcional? Não era o período de gestação do feto inclusive benéfico para o desenvolvimento da minha solução orgânica? Não me daria os instrumentos moleculares que me restituiriam a saúde, a juventude, o futuro?

Iria sacrificar-me em prol de alguém que conhecia há meros anos apenas, e de um ser em nascimento que ainda nem era gente, apenas por uma questão de consciência? Quando era certa a extinção de nós os três? De que me serviria a consciência quando estivesse morto?

Eis o que descobri nesse momento: que a família nutre o homem. E que o homem que cuida da sua família garante a sua própria sobrevivência e transporta em si, no seu corpo, o resultado desse amor. Mesmo que involuntário. Mesmo que envolva sacrifícios.

E não se arrepende das suas decisões.

Pois a família é o pilar de um homem. E a casa deste, o seu reino.

# Eu te amo, papai **Tibor Moricz**

Abri a tampa e retirei com cuidado o anelídeo. Ele se remexia entre meus dedos, nervoso, tentando escapar. Pelos curtos cobriam seu corpo e davam ao toque uma leve sensação aveludada. Observei a quantidade de anéis avermelhados, estreitos e intercalados por pequenas manchas marrons que pulsavam na medida de seu desespero.

Ele queria voltar à liberdade. Eu a procurava.

A gritaria do lado de fora ainda era intensa. Dava pra ouvir palavras de ordem. Protestos. Objetos caindo, sendo arrastados. Alguns disparos eventuais. Pequenos tremores de terra faziam balançar e tinir os copos na prateleira. Voltei minhas lembranças até alguns dias atrás, quando fui interpelado pelo diretor-adjunto do departamento de estudos avançados de puerícia. Ele estava nervoso. Alguma coisa relacionada a um fluxo de energia mal direcionado. Força excessiva. Pulso de intensidade elevada. Algumas mesas desintegradas, membros amputados.

Acidentes em laboratórios de pesquisas científicas não eram fatos isolados ou incomuns. Lidávamos com forças de difícil controle. Administrar, organizar, planificar... *Conter*! Essa era a palavra correta. Energias poderosas ainda em formação. Contê-las era tudo. Fazê-las, na verdade, fluir de forma harmônica, equilibrada. Instruir seu uso sem que houvesse destruição.

Mas crianças sempre foram instáveis demais para aceitar de imediato qualquer orientação dessa natureza. Por esse motivo, eram isoladas em câmaras independentes, casulos à prova de forças descomunais. Pouco a pouco, através de condicionamento, eram conduzidas a operar suas energias de acordo com o propósito das experiências.

Acidentes sempre aconteciam. Alguma destruição, uma ou outra morte.

Um estrondo mais próximo fez a porta do meu reservado balançar. Uma réstia de fumaça se esgueirou ao rés-do-chão. Ouvi gemidos. Engoli em seco enquanto o anelídeo tentava se enroscar em meu dedo indicador. Jamais pensei que o diretor-adjunto do DEAP estivesse tão certo ao entrar em pânico. "Ah! Pegue suas crianças e dê um jeito nelas!", eu disse, sem paciência para ouvir reclamações. Ele tartamudeava atrás de mim, tentando articular qualquer palavra que me fizesse dar a ele um mínimo de atenção. Eu não tinha tempo para perder com histórias infantis. Não que elas não fossem importantes. Claro que eram! Pois as crianças mantinham o núcleo em equilíbrio graças aos seus reservatórios de energia. Mas crianças todo o dia, crianças toda a noite, crianças a cada minuto, cada segundo... Eu estava de saco cheio de ouvir falar de crianças.

Algum prejuízo material? Pernas? Braços? Ótimo que não tenham sido cabeças. Principalmente do pessoal de pesquisa e organização. De resto, se uma ou outra criança explodisse, bem, que fazer?

Virei a cabeça, dei-lhe as costas e deixei o diretor-adjunto falando sozinho. Isso há dois dias. Sou o presidente executivo do DEAP. Por quinze anos administrando o órgão responsável pela distribuição de energia do núcleo. Vendo crianças entrarem e jovens sairem, completamente exauridos. Eu mesmo fui um daqueles, que passaram anos e anos, ligado a circuitos, cabos de energia e capacitores. Eu e todos. Cada um dos habitantes do núcleo. Nascer, ingressar, servir. Depois sair e viver em função da alimentação do núcleo.

Mas há um momento em que se quer chutar tudo. Uma hora em que a gente quer se enfiar numa toca onde ninguém pode nos encontrar e passar lá alguns dias, esquecendo que o núcleo existe, que as crianças existem. Mas essa toca não existe. São apenas reservados e reservados não são refúgios. Não é possível se manter escondido em um deles. Não se a intenção é não ser encontrado de jeito nenhum.

O diretor-adjunto voltou a me procurar, é evidente que sim. Ele tinha um problema nas mãos. Queria que eu apresentasse soluções. Era para isso que ocupava o cargo de maior poder na organização. Era para isso que me punham em destaque, o grande cabeça – e a grande cabeça também, em caso de precisarem cortar a de alguém. Vê-lo me dava engulhos. Sujeitinho desprezível. Olhar arguto, olhinhos miúdos e lábios finos e esbranquiçados. Cabelos arrepiados na nuca e nariz adunco. Um sujeitinho desprezível mesmo. Correndo atrás de mim, procurando-me pelos corredores, batendo às portas, chamando-me pelos sistemas de comunicação interna, perguntando à boca miúda se me tinham visto.

– Que as crianças se arrebentem! – Gritei com irritação quando ele me encontrou escondido atrás de um copo de absinto.

–É, e não é, o que está para acontecer. – Ele disse enquanto puxava uma cadeira. Vê-lo sentar-se à minha frente era uma violência para meus sentidos.

– Não me interessa o que está para acontecer... – Resmunguei, já certo de que ele não ia sair dali antes de despejar o que o incomodava.

– Ah, acho que interessa sim... – O sorriso era uma espécie de satisfação. Como se a notícia fosse péssima para mim, boa para ele.

– Não interessa, não... – Meu protesto não foi mais que um muxoxo lamurioso.

– As crianças estão agitadas. Está ficando impossível mantê-las controladas.

– E eu com isso? Dê choques. Dê pauladas, se necessário.

– É sério. Estamos trabalhando com as reservas há algumas horas.

Ergui meus olhos acima da borda do copo. Observei o diretor-adjunto, que mantinha seu olhar firme, fixo em algum lugar um pouco acima do meu nariz.

– Como assim, "estamos trabalhando com as reservas"?

– As crianças... Elas pararam de produzir.

– Como assim, "elas pararam de produzir"?

– Interromperam o fornecimento de energia. Bloquearam seus chacras.

–Como assim, "bloquearam seus chacras"?

Eu estava sendo terrivelmente repetitivo, mas naquele momento tudo o que o diretor-adjunto dizia me parecia um amontoado de bobagens. Crianças nunca, jamais, em tempo algum na história do núcleo, deixaram de produzir.

– Mais duas semanas no máximo para eclipsarmos.

– Eclipsarmos... – Repeti com ênfase nos "...sarmos", prolongando as duas últimas sílabas. Tomei o absinto num gole, engasguei ligeiramente, tossi, fiquei vermelho e com olhos marejados. – Eclipsarmos, você disse? – Perguntei enquanto ainda pigarreava.

– Isso.

Que era uma situação inusitada... Lá isso era. Dessas que a gente se pergunta se existem alternativas ou planos de ação. Situação delicada ao extremo.

– E por quê?
– Por que, o quê?
– Por que ainda não deram jeito nisso?
– É o que queremos fazer.
– Então façam!
– Faremos.
– Então?... – Fiquei olhando aquele rosto cheio de pequenas imperfeições. O absinto fazendo arder a garganta e despertando uma úlcera antiga. – Nunca ouvi nada parecido em toda a minha vida.
– Elas estão inquietas. As maiores organizaram-se. Os menores recolheram-se em seu id. Mergulharam dentro de si mesmas e não parecem dispostas a retornar.
– Se organizaram, você disse?
– Isso. Uniram as mentes. Unificaram o pensamento. Unificaram a energia.
Aquilo era um disparate. Crianças não se organizavam. Crianças nada mais faziam a não ser disponibilizar sua energia – pelo tempo em que ela durasse – para a sobrevivência do núcleo. Crianças não tinham cérebros suficientemente desenvolvidos para realizar tarefas complexas. Organização não era uma atividade infantil. A única tarefa infantil aceitável era doar energia. Doar, não: *dispor*.
– Há alguma coisa que ainda não sei e deveria saber?
Minha pergunta não era retórica. Crianças se unindo, formando uma associação, exigindo direitos. Tive de rir... Não pude deixar de achar graça daquilo tudo.
– Os casulos não vão resistir por muito tempo...
– Casulos...
As crianças ficavam fechadas neles para proteger os de fora. Claro que às vezes um casulo ou outro apresentava um problema, um vazamento. Daí pequenas resultavam explosões. O escape de energia desestruturava outros casulos próximos, outros vazamentos surgiam... Problemas do cotidiano.
– Eles vão se romper.
– Eles...
– Todos.
– Todos?
Minha expressão era de absoluta incredulidade. Eram quatro mil quinhentos e quarenta e oito casulos gerando milhões de quilowatts por segundo. Se todos eles se rompessem numa simultaneidade impossível de prever e aceitar, o núcleo seria exposto a tanta energia

dispersa que ninguém, nem nada ficaria incólume. Apocalipse. Provavelmente nem as crianças sobreviveriam. Elas se matariam.

– Suicídio. Elas têm consciência disso?

– Não sabemos. Não temos ideia de nada. É uma situação totalmente nova.

– Você parece satisfeito, apesar da crise que se aproxima...

– Ah, é sua cabeça que vai rolar e não a minha.

– Esse é um acontecimento cujas consequências não podem ser imputadas a ninguém. Foge à razão. Escapa a quaisquer lucubrações.

– Mas a história ainda não acabou... – O sorrisinho canalha do diretor-adjunto me fez sentir o cheiro de coisa podre no ar. A iminência de uma greve geral puerícia era tão absurda que não entrava em minha cabeça que pudesse haver aí algo ainda maior. E relacionado a mim, principalmente.

– Ah, não?

– Pois é...

– Diga logo, diabos!

– Há um fomentador.

– Fomentador?

– Uma das crianças resolveu se tornar a líder da rebelião.

Não pude deixar de abrir um largo sorriso. Olhei para o copo vazio e imaginei que terríveis efeitos aquela bebida maldita estava provocando em mim. Vi os lábios esbranquiçados do diretor-adjunto se movendo. Escutei suas palavras. Decodifiquei a mensagem. Mas era o absinto, com seu poder alcoólico extremado, que veio a substituir meu cérebro. Nada daquilo era real. Eu estava mergulhado num mundo estranho e fantástico. Um universo paralelo bizarro.

– Líder da rebelião? – Minha pergunta foi feita entredentes, num sibilar ofídico.

Procurei a garrafa com as mãos trêmulas e despejei dentro do copo outra dose generosa. Durante séculos o núcleo sobrevivia da energia canalizada de suas crianças. Jamais houve nada parecido com uma rebelião. Quando exauridas, elas eram inseridas na sociedade e passavam a fazer parte do mundo adulto. Insatisfação, revolta... Sentimentos que não tinham guarida nas mentes bloqueadas. Era uma revolução! Isso! Uma revolução, um salto evolutivo!

– Marechal da garotada.

– Mare... – Nem terminei a sentença. Tomei outro gole e tentei vislumbrar um cenário formado por milhares de crianças, algumas ainda engatinhando, aspergindo o núcleo com sua energia, destruindo e carbonizando. – Você disse que a história ainda não tinha acabado. Continue!

– A criança líder foi formada com uma semente sua.

Fiquei estático. Olhando para o diretor-adjunto como se tivesse na minha frente um palhaço, nariz vermelho, cabelos alaranjados, roupas bufantes. Tentando me fazer rir sem muito sucesso.

– Semente...

– Sua! Sua prole. Seu filho!

– Aquilo é tão filho meu quanto de um diplódoco dicéfalo de Alfa do Centauro! – Meu grito reverberou, atraindo a atenção de pessoas mais distantes que, súbito, se deram conta da nossa presença naquele lugar público e, àquelas horas, já quase vazio.

– Não é o que a Comissão pensa. É seu fruto. Sua responsabilidade. Ele carrega seus genes.

– Ele?

– É menino.

Parei e voltei meus pensamentos para dentro de mim mesmo. Reconheci laivos de rebeldia e inconformidade na minha juventude. Lembrei de vários momentos onde contestei a legalidade daquela prisão casular. Mas era um comportamento passageiro, comum a muitos garotos recém-saídos do DEAP.

– O que querem que eu faça? Que reconheça a paternidade? Que lhe dê um nome? Que pague uma pensão ao tubo de ensaio número 259821, categoria alfa, do centro de reprodução do núcleo? Que vá conversar com ele e explicar-lhe os mistérios insondáveis do Universo? Que o carregue no colo, fazendo upa-upa para deixá-lo feliz?

– Suas características genéticas são preponderantes. Oficialmente é *seu filho* que está causando confusão. Como um bom pai, você deve ir lá e acalmá-lo.

– Você... Vocês... Da Comissão... Têm alguma ideia do que estão querendo que eu faça?

Debrucei-me sobre a mesa ao falar, encostando o nariz na borda do copo, sentindo o cheio amargoso da bebida verde-esmeralda.

– Ora, presidente... São só alguns tapinhas nas costas. Um beijo na face rosada e está pronto!

Eu derreti sobre a cadeira. Era uma sentença de morte. Eles queriam me deixar lá, a sós com meu rebento, para fazê-lo ver a inutilidade de suas ações, convencê-lo através de contato anímico, obtido com ajuda medicamentosa. Eu seria um exilado casular.

– Nunca! – Balbuciei.

– Não existem opções. É uma situação crítica.

– Nunca! – Repeti.

– É impossível recusar. Não se trata de um pedido. É uma ordem. Está prevista no códice de ordens e regulamentos do núcleo, parágrafo 14, artigo...

– Eu conheço o códice!

– Então sabe que não há alternativa...

Ora, eu era presidente executivo do DEAP. Podia dizer "não vou fazer isso"? Claro que não. Não tinha toda essa autoridade. Não tinha autoridade nenhuma, aliás. Minha ascendência era apenas sobre acólitos que, solícitos, fingiam obedecer ordens minhas, como se elas pudessem suplantar a rotina diária estabelecida no códice. Eu era um cargo e nada mais. Uma função como todas as outras, não remunerada. Porque tínhamos abandonado qualquer forma de remuneração há séculos. Tínhamos direitos. Eu tinha direito ao absinto. Quanto ao diretor-adjunto, duvido que o tivesse.

Provavelmente a bebida toldara minha capacidade de compreender os fatos. Talvez tivesse também alterado minha percepção espacial. Eu me movi como um autômato, embalado pelo álcool, pela vontade férrea de me manter vivo e pelo pavor de ter que me aproximar de uma criança. Mesmo aquela que, tecnicamente, era minha. Peguei a garrafa, girei-a no ar com força e em arco como se empunhasse uma espada, até ela parar subitamente, refreada pelo crânio do diretor-adjunto. O vermelho se misturou ao verde, formando uma poça amarronzada de odor nauseante.

Era provavelmente o primeiro crime em cinquenta anos.

Levantei-me atordoado. Caminhei sem rumo por alguns metros e me voltei. O diretor-adjunto estava caído no chão, esvaindo-se. Tentei centrar meus pensamentos e cai fora de lá.

Dois dias atrás.

De lá para cá, indo e vindo sem rumo. Trocando de reservados como quem troca de pulseiras estabilizantes de energia. Fugindo de uma milícia formada às pressas com o intento de me capturar.

Para vingar a morte do diretor-adjunto? Nada! Queriam que eu fosse ter com meu pimpolho querido, líder revolucionário. O diretor-adjunto que apodrecesse lá mesmo onde tinha caído! O núcleo possuía assuntos mais importantes para resolver. No dia seguinte à minha conversa com o defunto, os quatro mil quinhentos e quarenta e oito casulos se romperam. Cerca de duzentas crianças carbonizaram na súbita e violenta explosão de energia. Centenas de outros laboriosos profissionais que lutavam para tentar controlar a desordem deixaram de existir quase que instantaneamente. Milhares de crianças que podiam se locomover, fosse do jeito que fosse, escaparam, invadindo o DEAP e, logo, evadindo-se dele para dentro do núcleo.

Foi um festival pirotécnico. Houve pânico geral.

O garoto luminescente, o líder do bando de arruaceiros caminhava à frente. Não falava, porque a fala deles era telepática. Entendiam-se uns aos outros, agiam coordenados, numa busca febril pelos progenitores. Pelos "pais" de cada um.

O núcleo desintegrava-se. Milênios de avanço científico e tecnológico para, ao cabo de dois dias, acabarmos de volta ao tempo dos homens das cavernas. E o anelídeo retorcia-se, preso entre meus dedos. Lá fora a balbúrdia. De reservado em reservado, eu já tinha atingido os limites externos do núcleo, não tendo mais para onde fugir. Explosões de luz espocavam. Fumaça e gritos. Mas cada vez mais esparsos. Mais distanciados uns dos outros.

E meu filho, em busca do pai.

Irônico.

Não para vingar-se. Não para exigir compensação pela prisão casular. Não para cobrar explicações pelo desamor, pela paternidade negada. Não para destruir, aniquilar, punir. Era coisa pior. Mais abjeta. Mais terrível e inaceitável. Ele queria o "pai". O colo. O abraço. O amor.

Isso ninguém jamais suportaria.

Enfiei o anelídeo na boca no exato momento em que a porta explodiu, deixando invadir jatos compactos de luz. Em meio à luminescência um garoto de uns seis anos entrou, atento, ansioso. Seus olhos procuraram os meus. Eu, inerte sobre a cadeira, empurrando garganta abaixo o enterozoário.

Foram poucos segundos até as toxinas fazerem efeito.

Tempo suficiente para ouvir um "papai" balbuciado, um braço estendido e lágrimas como gotas de luz escorrerem dos olhos da coisa nojenta à minha frente. A dor foi lancinante. O coração acelerou, a respiração se tornou ofegante, minhas mãos se crisparam sobre a mesa, meus olhos esbugalharam enquanto eu abria a boca num grito sufocado. Minha pele ficou repleta de manchas acastanhadas que cresciam a olhos vistos. Pulsavam como a pele do anelídeo. Antes da síncope que me arrastaria para o esquecimento, meu corpo foi tomado por um halo de luz, uma força extrema que me arrebatou.

Não foi o termo. Ele teria sido uma benfazeja graça divina.

Antecipando minha morte iminente, a criança aprisionou minha consciência, arrancando-a da matéria. Meu corpo tombou, inerte, prostrado sobre a mesa. Coração silencioso, respiração suspensa. Para muito além do que poderíamos supor, foram centenas de anos de evolução paulatina. As crianças conseguiram suplantar todos os limites psíquicos. Foram além das fronteiras da alma e retornaram com o dom.

Livre do corpo, mas existindo de forma estranha e assustadora. Vi-me aprisionado num casulo energético e por tempos imemoriais assisto, prosternado, imagens constantes de sorrisos, olhares, lágrimas... Palavras de carinho, amor, doces e meigas. Inserido num oceano de sentimentos intensos, vivendo uma suprarrealidade quase onírica que não permite escolhas.

O rostinho vivaz do meu garoto, esbanjando alegria.

Esbanjando amor.

Garantindo-me uma eternidade de tormentos.

# UMA QUESTÃO DE LÍNGUA **ANDRÉ CARNEIRO**

Parecia a sede de uma chácara. Talvez grande demais, seria uma fazenda, mas as construções indicavam outra coisa. Hanz herdara uma propriedade vizinha. Sua curiosidade seguiu um enorme cavalo branco, cavalgado por uma jovem elegante, vestida de maneira peculiar. Hanz se diz jornalista, embora atue raramente. Coisas diferentes chamam sua atenção, como o árabe cavalo branco.

Mustafá e a filha, simpáticos proprietários, mais empregados, moram em casas confortáveis, cumprimentam vizinhos, fazem formais visitas. Ninguém sabia do que viviam, as plantações eram mais decorativas do que produtivas.

Stephania circulava em uma pequena cidadezinha próxima. Hanz deve tê-la seguido, apresentou-se, foi reconhecido. Ela pronunciava as palavras com leve ritmo diverso do normal. Talvez tivesse aprendido com os pais. Ao estilo brasileiro, convidaram Hanz para visitá-los. Ele foi. Encontrou somente Fanny, apelido que não se ajustava. Hanz se interessava por arquitetura, quis ver a casa, bastante estranha, não conseguiu imaginar para onde conduzia um curvo corredor vislumbrado por uma janela. Fora recebido no bem cuidado jardim, fazia calor, Fanny sugeriu ficarem entre as orquídeas brancas. Hanz parecia achá-la tímida ou que ocultava alguma coisa. Ele ousou perguntar por que era curvo o corredor, ela não respondeu.

No jardim, o cavalo branco, sem arreios, aproximou-se. Hanz, com familiaridade, agradou-o, Fanny gostou. Ele comprara um livro sobre cavalos. Fanny tinha uma covinha do lado esquerdo. Ele sorria demais. Ela perguntou o porquê, desconfiada. Hanz contou-lhe nada entender de cavalos, apenas lera:

– Só um artigo...

Ela acariciava o lombo:

– Você precisa desse conhecimento?

Ela continuou acariciando o pelo sem olhar para Hanz. Depois, virou-se de frente. Hanz disse algo e estendeu a mão para Stephania. Ela apertou com força:

– Já vai embora?

Começou a se afastar. Fanny deu dois passos, exclamou alto uma palavra. Hanz atravessava o portão da entrada. Fanny virou-se na direção da casa. Ao entrar ouviu um grito de fora: Mustafá vinha descendo a encosta, beijou a filha, entraram. Fanny olhava para o pai com certa pena, talvez não fosse filha, foi andando devagar em direção ao corredor.

Eu já não ouvia a conversa com clareza, estava na sala, atrás de um enorme sofá. Eles retornavam. Eu me encostei no móvel. Da soleira talvez eu fosse visto. Não captei a conversa. Colado no sofá, as palavras atravessavam o pano azul, eu começava a transpirar, o som parecia o de uma antiga gravação. Não era ocasional. Havia um assunto, um objetivo.

Em minha vida eu enfrentava situações inexplicáveis, muito perigosas. Se me descobrissem ali, não havia desculpa, mesmo idiota.

Paro, meu Mestre insiste na inutilidade em discutir o que não houve. Não derrubarei cartas do castelo, se nem eu, nem Kafka, entramos. Nada em seguida. Arrastei-me até a porta. Ninguém. Olhei a entrada do curvo corredor. Afastei a tentação. Da porta esgueirei-me atrás de alguns arbustos. De lá até o portão foi rápido.

Em minha casa respirei melhor e quase lamentei não ter ido ao corredor.

Deixei grande parte das minhas investigações profissionais. Ninguém, nem Lorisse, chegou a notar.

É um interminável e cansativo estudo e prática, a importância das coisas aparentemente desimportantes. O que visto, leio, aonde vou, com quem, onde moro. Quando entro em um recinto público, se conhecidos não vêm falar comigo, fico feliz. Os que não sabem, quando são informados: o tom amarelo escandinavo, uma calça cinza opaca, a camisa embebida em rim marinho peixe, tornam um homem de um metro e setenta completamente invisível e não acreditam, são a ingênua maioria, dizem tolices nos bares e dormem felizes com amantes prostitutas com seus hábitos de freiras carmelitas escondidos nos armários.

Umas vinte pessoas frequentam a casa do Hanz. Se perguntar, ele vai citar apenas dezenove. Ele se esquece de mim. Não me vê. É cansativo manter uma conversa com frases inodoras, áridas e insípidas. Mas compensa, uma pessoa normal esquece até as vírgulas. Poucos geniais conseguem falecer e a viúva pensar ter sido solteira. Posso fazer perfeições como essa quando sou bem pago. Alguns mestres antigos, como Saint Germain, conseguiam um orgasmo tão disfarçado que era anticoncepcional.

Estas considerações indicam uma perturbação. Um "invisível" do meu gabarito não escreve memórias, não revela segredos, eles são o alimento da minha profissão. Passo por cima, estou apaixonado por Stephania. Quando Mustafá desceu a encosta verde passou por um trabalhador cuidando das plantas. Era eu. Fanny, eu já encontrara algumas vezes, eu ficava meio invisível. Com o pai, eu o cumprimento humildemente, uso o jeito lateral, ele só se lembra das minhas unhas sujas e a tosse rouca.

Se eu fizesse a loucura de ir buscar meu ordenado, certamente ele pagaria.

Tenho economias, gasto pouco. Passo horas planejando, sigo Stephania até nos sonhos. Mas não sei o que existe no fim do curvo corredor.

Tive oportunidades de invadi-lo, mas ele faz parte das "três lentidões". Com elas meu Mestre é irredutível: Não apresse o caminho da carne. Segundo: Continue invisível para ela. Terceiro: Mantenha o que ela inventou.

Porque acredito, não significa que obedeço. Tento reproduzir o Mestre. Não consigo. Cada pedaço do meu corpo parece independer da cabeça. Ainda não sou 110 % impecável, como pede o Mestre. Somente 100%. Lorisse me descreve um bloco de vontades. Depois corrige, diz semens de desejos, eu, cão perdido, solto entre eles. Sofro com isso. Hanz vai reunir seus amigos. Não me importam eles, nem suas reuniões. É cansativa a invisibilidade.

Não fico de frente para ninguém. Paro onde meu rosto é lateral. Faço a ruga que afasta. Os músculos sofrem o esforço. É claro, só por Stephania. Meu rosto lateral estremece quando ela entra. Sem olhar sinto seu corpo se aproximando, portas e janelas se abrindo e o jardim entrando com ela.

Não respiro. Tento o Mestre, de joelhos, por dentro. Encolho os músculos, Stephania às vezes me cumprimenta, nunca eu inteiro, se eu permitisse, ela desmaiaria. Quase sempre é só. Tenho de ser lento. Palavras provocariam ondas mais fortes do que as torres eletrônicas dialogando continentes.

Mustafá aparece, fica alguns minutos. Construo frestas em meus ângulos para observá-lo. Conversa com armação de um sorriso. Às vezes perco, minhas teias em Fanny fazem esquecer o pai, ainda com pupila do deserto, areia nos ombros. Hanz sacode a bebida no copo, eu desvio meu olhar, antes que a taça quebre e alguns calados digam que é sorte.

Volto pela porta da varanda. Meu rosto se umedece nas folhas longas da cacatua mexicana, examino as fotos automáticas, guardo as expressivas, incinero o resto no ventilador de amianto. Sei, pelo odor, quais mulheres evolam azul fumaça na pedofilia das chamas adolescentes.

Ainda afogarei Stephania em minhas palavras.

Fui a pé à pequena cidade, onde o itinerário dela eu repito. Não apenas um animal seguindo um rastro. Tenho sua imagem em movimentos. As pernas na dança ocasional das ruas, suas mãos se erguendo quando algo a assusta. Cada músculo do rosto criando a curva exata do sorriso.

Posso descrevê-la, mas não são imagens somente. Cada trajeto vermelho do sangue excitado eu absorvo, inundam-me artérias. Decidi sair do nevoeiro que me cobre intencionalmente. Hanz está apaixonado por Stephania. Ele esconde. Finge negócios com Mustafá. Desde o começo meço a distância que ele insiste em diminuir, tocando, por mentirosa coincidência, a pele clara por meio segundo. Pelos gestos, sei quando sonha com Stephania. Por isso vou sair do nevoeiro, mostrar a ela o que planejei.

Estudo a guerra dos sérvios em 17, quando não existia a linha Maginot. Eles torturavam as espécies de lagartas, que se arrastam no solo. Eu aprendi também a colar meu rosto nas pedras e me deslocar mais rápido do que um gato em canina fuga. Hanz perde a calma como animal quando treme a terra. Eu controlo.

Vinte vezes desenhei o telhado da casa onde cobre o fim do curvo corredor. Analisei o tipo de telha vermelha de barro, fiz cópias, importei silicones de Tucson, emendei-as o suficiente para improvisar uma sólida porta de telhas que eu abrirei sem ruído. Foi fácil. Tinha de penetrar o forro de grossas madeiras sem rastros. Não cito noites sem dormir, nem o desespero para resolver insignificâncias.

O inferno ensina a constância que os obsessivos imitam. Seria tolo citar os circos onde aprendi a subir em cordas. Nenhum escritor clássico descreve um caso de amor sem mergulhar no ridículo. Apareceram calos nos dedos, digitais coladas nas cordas. No meu decúbito, listas vermelhas infiltradas por cristais dos pedregulhos abraçados na encosta oeste da casa de Stephania.

Li Grimm, os Anéis, Orwell, inúteis fantasias. Eu não importaria usar feitiços, alma prometida, para me transformar em inseto, saber o que Hanz sussurra, olhando para os lados, fugindo em antípodas histórias, para esconder o plano de conquistar Stephania, subornando o pai. Deixei microfones nas árvores, enchi de escutas a casa de Hanz. O nome de Stephania ele diz com outras letras, aquela, ela, menina, Any. Abaixa a voz, toca no braço de Mustafá, sei exatamente o lugar da ruga na testa, quando cita cifrões, até dólares.

Não escamoteio o medo. Penso em Stephania a olhar minha face quando esteja ao alcance da posse. Tremo até com metáforas, não quero um corpo esquivo, uma defesa em riste. Sim, uma ânsia ligada, a entrega solta, quero a vontade de Stephania levitando o meu desejo.

Durante sete dias deixei secar o silicone. Vou abrir a porta de telhas, saber quais estátuas, instrumentos, se escondem no fim do corredor. A hora exata da madrugada eu já escolhera.

Sola de borracha, luvas macias, faltava o mais importante. Usar a serra de aço rápido, fina como o fio de uma navalha, correndo nas tábuas de cedro do forro empoeirado. Não existe um tempo gasto.

Nem vou desenrolar um inevitável cotidiano. Assumo a vaidade em descrever a batalha, para conquistar o sonho. Embora risível, me orgulho das estranhas habilidades. Tenho o Mestre, que me obriga a orientar o lastro da visão de Stephania. Tenho de fazê-la enxergar minha imagem no meu espelho, transplantar minhas pupilas nos seus olhos, penetrar esta noite na abertura do telhado, escorregar pelo furo na madeira, saber a quais santos ela confidencia anseios, adivinhar quais beijos ela resguarda, pássaros de asas líquidas engolindo minhas veias.

Visto a roupa submarina de *rubbersel*, subo no telhado quando uma nuvem abraça a lua. Fixos já estavam os quatro parafusos, com a pequena roldana levantei a madeira, onde meu corpo passaria. Coloquei os pés no chão, acendi a lanterna, ainda levemente inclinado na corda de picadeiro do circo Sarrazani, comprada nova do malabarista Jobel. A sala tinha prateleiras do chão até o teto. Livros, inteiramente cheias de livros, cada um numerado na lombada, *The Magic Mountain*, *Comedy of Errors*; Dostoievsky, *Crime and Punishment*.

Não havia estátuas, só livros, milhares, todos numerados, *Crime e castigo*, 2.576. Com a corda me alcei na prateleira mais alta. Sem olhar, retirei um livro, coloquei-o no único bolso, em meu peito. Disse em pensamento dez mantras. Flexionei as pernas, subi lentamente, no ritmo correto que Jobel me ensinara. Passei o algodão com extrato de nogueira nos lados onde a madeira se encaixava. Fiz o caminho de volta.

Guardei na caixa secreta da lareira todo o equipamento. Tirei minha roupa quase negra, deitei-me na cama e abri o livro 3.748. *Em busca do Tempo Perdido*. Li a primeira página e decidi encontrar-me com Stephania no dia seguinte. A noite foi curta. Reli Houdine, abri a caixa preta com a roupa imantada, imprimi no pergaminho feito na Argentina uma lista de livros raros, desde Gandhi até Laurentius Esmaculati impresso pelo bisneto de Gutenberg, e... a minha isca de ouro, um dos três únicos exemplares do *Jardim Envenenado de Esmeralda* que Jorge Luis Borges deu ordem de queimar já no seu leito de morte. O general Zandesco, durante a ditadura militar, roubara o último exemplar de madame Zenaide... Não repetirei o que todos sabem.

Fui recebido à tarde por Stephania, com desconfiança. Só depois de uns minutos falei em Madame Zenaide e Stephania levantou a sobrancelha, primeiro com suspeita, depois com dúvida completa. Ficou em uma trêmula expectativa quando eu disse... não, não direi uma palavra sobre aquele livro. Fui proibido. Conheci o Mestre muito jovem. Madame Zenaide ainda era viva e o Mestre vivia para ela... e para os livros. Tenho excelente memória. Lembro-me deles um a um, quando escondemos todos do coronel Zananda, eu cantarolando Gardel, o coronel certo da minha reação maníaco depressiva, achou "Esmeralda", enquanto roubava as coleções húngaras de Arsène Lupin e Sherlock Holmes, que o Mestre conseguira para preencher os vazios. Eu copiara a lista rara das suas preciosidades. Não trouxera nenhum livro nas mãos. Queria elas livres para girar a roda de Bernheim e o segredo de Paris. Nenhum livro secreto me pertencia. Eram do Mestre, jamais emprestados. *Jardim Envenenado de Esmeralda* fora de Casares. Ou do Mestre. Ambos o herdaram de Borges. Bioy talvez mentisse, ou então o Mestre. Zenaide sucumbira com o veneno de Esmeralda e o General Zanesca queimara o processo.

Estávamos sozinhos na sala. No vidro esquerdo da janela, como um pêndulo mágico, uma orquídea branca seguia o ritmo da brisa.

Eu disse um poema: *Quântico da Incerteza*. Minha coxa vibrava distante doze centímetros da coxa branca de Stephania. Minhas mãos faziam os círculos de Jung. Olhava para Stephania, sentia seu corpo a dois centímetros, na unha do meu indicador esquerdo, encaixada na carne, a lasca minúscula do ferormônio sintético que Lorisse trouxera do laboratório com intenções bem diversas. De cor, eu dizia *Mito é Verdade*. A orquídea branca, do lado de fora da janela, ficara estática, com os pólens eriçados. Senti mais forte o perfume de Stephania. Nos meus olhos fechados, havia tentáculos acariciando meu rosto, os cílios entrelaçados com os seus cabelos, jamais eu acharia palavras em dicionário com a vibração da minha coxa na coxa de Stephania e os meus braços em fogo eram os braços dela no meu corpo nosso de veias perdidas das próprias veias enlouquecidas.

Mesmo um escritor clássico não contaria o que não sei contar sem dizer tolices.

Quando voltamos do quarto para a sala, no mundo de relógios sem ponteiros, a orquídea branca tinha seus milhares de pólens murchos, desmaiados um em cima dos outros, as pétalas brancas curvadas do abraço úmido com a brisa, as abelhas estarrecidas voando de volta vazias, sem ninguém saber por quê.

Preciso falar ao Mestre. Ele ordenou que eu escrevesse, seria mais fácil. Sim, mas a maldita verdade vai sobrenadar.

Agora, talvez.

Falei com Stephania, ela me tratou com simpatia. Para conseguir, contei, eu era o filho de Zenaide e, com a face impassível, disse que a obra proibida de Borges estava em meu poder. Stephania, desconfiada, perguntou:

– Hanz herdou pelo testamento achado?

Não, não posso dar isto ao Mestre. Stephania pensa que o livro seria dela, se aceitasse o pedido de casamento de Hanz. Quando ela me olhou, meu joelho tocava sua perna. Stephania mentia. Ela não gosta de Hanz. Eu conhecia os seus sonhos. E os meus. Hanz tinha uma Luger que fora de seu pai na primeira guerra.

Eu não dormi com Stephania aquele dia. Chegamos até a porta do quarto, peguei na mão dela e não a retirou. Como um adolescente eu falei tudo, ou quase. Ela tremia. Olhou para mim sem nada dizer. Eu, de lado, um botão da sua blusa aberto, o seio branco, não usava sutiã. Ela percebeu, falou algo sobre o livro, para cobrir o silêncio. Ouvimos um barulho no jardim. Sua mão ficou tensa. Tentou retirar, eu apertei mais.

– Não é nada, o cavalo...

Ela disse:

– Eu queria muito acreditar em você.

– É o cav...

– O livro, eu queria ver o livro, pelo menos tocá-lo.

Ela pensava no livro todo o tempo. Eu pensava nela. Mustafá citara um médico suíço. Ela acreditava em livros atraindo outros livros.

Mustafá dera um sorriso. Estava bêbado. Nunca mais dissera nada. Talvez eu precise de um médico suíço. O Mestre já tocou no assunto. Ele sempre soube de Stephania. Por causa do livro. A morte de Zenaide. Por causa de Hanz. Eu tenho de falar a verdade. Tenho de obedecer ao Mestre.

O livro está no cofre do Mestre. É eletrônico, basta apertar cinco letras. O Mestre sabe por que o corredor é curvo. Ele foi chamado para tratar do General Carrasco (não quero jamais guardar o seu nome). Está morto. Ele matara Zenaide. O Mestre não o perdoaria.

"Nunca digredir em passadas histórias".

Para a leitura do Mestre terei de cortar metade, talvez toda a parte suposta, embora jamais veja de novo o general entrando na Biblioteca, esvaziando as prateleiras com suas mãos roxas.

Stephania me recebeu de novo, me convidou para ver seus livros, entrei com ela pelo curvo corredor, perguntei por que era assim, ela sorriu timidamente, eu toquei no seu braço, seu perfume era forte, abriu com três chaves a porta interna, eu olhei disfarçadamente para cima. A junção da abertura no forro não se via, ela olhou, temi que percebesse, o "tempo perdido" não estava lá, eu falei tolamente:

– Se eu lhe conseguisse o livro o que você...

Não precisei terminar, ela deu um passo em minha direção, tinha uma lágrima no olho esquerdo:

– Eu faria tudo, tudo...

Ela não terminou. "Faria tudo". Seria minha amante, ficaria nua naquele sofá azul onde eu me escondia. Zenaide morrera por causa do livro. O Mestre... jamais me confidenciaria, o general suicidado... e o livro no cofre eletrônico, fechado por apenas cinco letras. Pirateados, eu comprara quatro programas de criptografia. Até códigos do inferno eu descobriria.

Ao lado de Stephania, coloquei minha mão direita em seu ombro, ela ficou na expectativa. Abri meus lábios em câmara lenta. A mão, desci por trás do ombro, morno e liso, os dedos deslizaram no tecido leve, a perna esquerda avancei um palmo, o joelho de leve na parte interior da coxa. Uma súbita tensão contrária, ela ia recuar, falei, em voz baixa, inclinei a cabeça:

– Stephania, eu vou...

Repeti a frase...

A envolvi com a mão esquerda, meu queixo tocou sua testa, Stephania levantou a cabeça, meus lábios tocaram a sobrancelha, nossa respiração ansiosa, apertei seu corpo, meus lábios procuravam a boca quando juntos estremecemos com o estampido de um tiro. Stephania empalideceu, eu me desprendi, o corpo tenso:

– Vou lá fora...

Dei um passo, Stephania me segurou a mão.

– Não, não vá lá fora.

– Por quê? Eu vou...

Ela me interrompeu, segurando mais forte:

– Eu sei quem é.

– Quem? – Eu gritei.

Stephania me agarrou com medo:

– É Hanz... ontem fez o mesmo com aquela pistola...

Eu estava surpreso. Se fosse mesmo Hanz ele atirava em quê? Onde estávamos ele nada podia ver...

Stephania continuava me retendo:

– Hanz cheira cocaína, ontem exibiu a pistola, atirou em uma raposa invisível... Ele fiscaliza quem vem até aqui, usa binóculos.

Stephania fez de um gesto uma expressão de súplica:

– Ele disse que o livro legalmente é dele.

Olhei seu rosto já com lágrimas. Menti com segurança, dono das cinco letras do Mestre.

– O livro é meu.

Uma segunda explosão me interrompeu. Agarrei os ombros de Stephania:

– Vou lá fora, ele não tem o direito...

Stephania de repente saiu correndo. Só a alcancei lá fora.

Vimos Hanz parado em frente ao portão, ele ia sair, mas agora vinha em nossa direção.

O revólver talvez estivesse em um coldre, debaixo do braço. Stephania desesperada me disse:

– Vá embora, saia pelos fundos.

Eu segurei o seu braço:

– Não, nunca.

Ele já estava próximo. Eu gritei:

– Foi você que atirou?

Ele nos olhou com raiva.

– Sim, dois bichos, raposas, fugindo...

– Nunca vi raposa por aqui.

Hanz gritou:

– Aqui tem duas raposas, talvez três...

Sua mão direita aproximou-se do ombro esquerdo. A pistola estava ali. Stephania começou a chorar, o céu negro, caíam alguns pingos de chuva. Eu disse à ela:

– Entre, as janelas estão abertas.

A chuva aumentava. Empurrei Stephania para a porta, entramos. Hanz permaneceu imóvel, lá fora, sua expressão era ameaçadora. Escorriam gotas pelo seu rosto. Ele, impassível.

Eu cerrei a porta sem tirar os olhos de sua mão apalpando o coldre por cima do paletó.

Ele voltou-se em direção ao portão, andando lentamente na chuva cada vez mais violenta.

Quando ultrapassou o portão corri atrás de Stephania pela casa. Estava ligando o computador.

– Por que ligar?

Ela virou-se para mim:

– Ele manda recados estranhos... a maioria eu não entendo.

Minutos depois apareceram letras em vermelho: "Vou matar as duas raposas."

Apontei a tela:

– Quem são as duas raposas?

Stephania abaixou a cabeça, tinha os olhos vermelhos. Não fiz comentário. Fiquei ao lado dela, não sei quanto tempo. Falei bastante, mas não consigo reproduzir.

Quando a angústia me toma, eu uso as palavras que me levem no fim das distâncias. Naquele momento, bem longe, com Stephania. No sofá azul eu a segurava pela cintura. Ela tombara a cabeça em meu ombro. Eu fui capaz de arrastar Hanz e sua pistola fora do planeta. Sentia o corpo de Stephania nu, comigo na cama, ao lado do curvo corredor. Fui arrancado dessa alucinação, Stephania levantou-se, lembrou o pai chegando, eu precisava ir embora. Não me recordo do caminho de volta. Havia trovões, a chuva a dissolver tudo em líquidos, coloquei a senha do computador com os milhões de números, chaves do meu livro no cofre. Eu tinha preparado listas dos nomes ligados ao Mestre. Nas suas horas de meditação, ele não se movia das posições. Eu tinha selecionado 625 probabilidades e ia experimentá-las cada uma, gravando o ruído da alavanca de abertura.

O gravador selecionava pelo som as combinações seguintes. Meus ouvidos guardavam os sinais arbitrários e a estranha musica progredia simbolicamente nas entranhas do cofre, deslocando pinos, se encaixando nas ranhuras e orifícios da frente e lado da porta de aço se alinhando, até abrir com um longo suspiro, o ar de fora entrando livre.

Dentro havia uma forma retangular de livro, coberta nos seis lados por uma chapa de metal niquelado. Onde seria a lombada, dois finos orifícios de duas chaves, não achadas em lugar algum. O livro deveria estar dentro daquela caixa, que o protegia. Ao lado dos orifícios não havia letras ou números.

Eu estava com o cofre aberto em minha frente e a caixa brilhante em minha mão, na casa do Mestre. Ouvi um ruído típico na sala. Meus olhos saltaram, só podia ser o Mestre. Suas passadas, adivinhei. Meu corpo paralisou. Nem fechei o cofre, nem tentei esconder meu furto. O Mestre, rosto impassível, aproximou-se:

– Conseguiu, indevidamente, apoderar-se do livro?

Balancei a cabeça, negando:

– Ousei emprestá-lo sem sua permissão...

– Emprestando para dá-lo de presente?

– Não, Mestre, ela afirmou querer somente tocá-lo.

O Mestre continuava ereto, em minha frente. Todos os seus músculos eram escravos obedientes da sua vontade. Cada minúscula veia do seu rosto, cada articulação moviam-se na distância exata, o mesmo rosto que o General Carrasco vira pela última vez, agora me contemplando, o filho de Zenaide, com o veneno de Esmeralda naquele féretro inoxidável em minha mão estendida. Eu tremia.

Não suportei o silêncio:

– Eu a amo. Eu ia devolver.

– Você a ama... e ela ama o livro de Zenaide...

– Sim, apesar de Zenaide ter sido...

– Esta é uma inútil digressão em fatos passados.

O Mestre conseguia manter a voz inalterada:

– Leve o livro e conquiste a carne.

A última sílaba o Mestre pronunciou já com o corpo virando-se para trás. Com o mesmo passo lento que o trouxera, afastou-se em direção ao seu quarto.

Eu senti um sobressalto de surpresa e alívio.

Conseguira meu intento. E, magicamente, o conhecimento do Mestre. Eu deveria estar feliz. Braço cansado, ainda sustentava o livro. Apertei-o no peito. Nem lembrei da chave.

Quando adolescente, comprei o livro *Como roubar no jogo*. Aprendi a marcar as cartas. Com alfinete, tinta invisível, reflexos... Conhecia o baralho pelas costas... e ganhava. De vez em quando eu jogava com baralho sem marcas. A perda sempre é dolorosa, mas a vitória inunda por dentro. Curiosa sensação me invadia aquela caixa metálica que se transformaria no corpo branco de Stephania, no perfume das pernas de Stephania.

Eu virava a caixa, tentava ouvir o som das páginas prensadas. Era o meu baralho marcado, a vitória infalível, macia e certa, sem a violência das balas de Hanz.

Embrulhei a caixa em vários papéis finos, amarrei com laços.

Stephania me parecia outra, quando lhe entreguei o pacote. Disse-lhe que as chaves estavam em um banco. Seus cofres fechados. Amanhã eles abririam. Stephania ria sem parar, falava ao mesmo tempo. Foi abrindo os papéis rasgando-os, quando viu a caixa colocou-a apertada no ouvido, como se dentro houvesse alguma coisa viva. Eu falava de Borges, do General Carrasco, de Bioy Casares, do Mestre e de Zenaide. Stephania olhava para mim chorando, não respondia nem perguntava, falava de coisas passadas, eu a abraçava como nunca ousara antes, tocava o seio como os bonobos excitando fêmeas, beijava a nuca, as coxas, minhas mãos na liberdade de investigar costuras interiores, ela ouvia pouco, eu a fui empurrando pela casa até o quarto, perto do curvo corredor. A embaraçosa tarefa de desabotoar sua roupa, cumpri sozinho. Stephania respirava fundo, corpo relaxado, eu a beijava inteira, eu estava nu, tirei seu sutiã apertado, fechei com chave a porta do quarto, ela na cama, a caixa de metal com a promessa de conter *Jardim Envenenado de Esmeralda* seguro em suas mãos.

Vibravam meus nervos. Queria uma ânsia ligada, a vontade de Stephania levitando meu desejo. Ela premia a caixa de metal, talvez vazia, nenhum orgasmo dali surgiria quando apertasse o metal contra o ventre.

Deitado sobre ela, a transpiração me fazia deslizar pelo seu corpo. Afastei suas pernas, o membro pensava em Lorisse, no Mestre me concedendo friamente o livro.

Excitado eu ficara quando subira na corda tentando alcançar "o tempo perdido".

Stephania gemeu duas vezes, talvez de dor, talvez imaginando poder enganar o seu orgasmo. Levantei-me discretamente, fui ao banheiro, vesti minha roupa. Quando voltei, ela dormia, talvez fingindo. Beijei-a na testa. Disse até logo e saí. A caixa com o livro ainda estava na cama. Passei a manhã na minha casa.

À tarde fui até o Mestre. Eu tinha a chave da porta lateral. Sempre entrava em silêncio.

Ouvi vozes. Andando mais um pouco eu poderia entender. Casa antiga. Havia uma passagem com caixilho de vidro no alto. Coloquei uma cadeira, subi. Dava para vê-los, sentados.

Na mesa em frente, a caixa vazia, de metal. Juntos, o Mestre e Stephania. Com o livro aberto ele lia trechos. Ela, com a leve saia curta. A mão esquerda do Mestre acariciava a perna branca de Stephania. Eles se levantaram e caminharam para o corredor, onde ficava o quarto.

Saí. Ao chegar, passei pelo portão de Stephania. Nesse momento meu coração estremeceu. Três estampidos de revólver seguidos explodiram. Eu abri o portão, aparecia um vulto na colina. Corri para lá. Avistei Hanz curvado, imaginei ferido. Ao seu lado uma raposa morta. No colo de Hanz, um filhote, escorrendo um filete de sangue até sua calça. Ele olhou para mim. Parecia aborrecido. Eu disse:

– Vou chamar um empregado... para enterrar os corpos. Desci a colina. Hanz ficou lá carregando o filhote morto da raposa

## João Barreiros

57 anos. Professor de Filosofia. Senhor de uma biblioteca imensa de mais de 50.000 volumes. Tem contos publicados por todo o mundo. Autor, com Luis Filipe Silva, do romance *Terrarium*, de que muito se fala, mas pouco se lê. Orientou duas coleções ligadas ao gênero. Traduziu. Escreveu críticas nos jornais portugueses relativas aos pequenos horrores que por lá se publicavam, antes destas terem desaparecido de vez. Vive com sua esposa, Modesta, e com três gatos de ataque completamente psicóticos.

## Saint-Clair Stockler

natural do Sul de Minas, vive no Rio de Janeiro. Tem diversos contos publicados em antologias e na Web. Mestre em literatura brasileira, tradutor e pesquisador de literaturas do imaginário. É autor do livro de contos *Dias estranhos* (inédito) e atualmente escreve o seu primeiro romance.

## Jorge Candeias

é português algarvio e tem desenvolvido nos últimos anos intensa atividade nos meios ligados à FC e ao fantástico dos dois lados do Atlântico (embora mais do lado de lá do que de cá, por óbvias razões logísticas). De momento ganha a vida como tradutor, e já tem no currículo um par de traduções de que se orgulha. Também tem no currículo um pequeno livro, *Sally*, (2002) e contos espalhados por publicações portuguesas, brasileiras, inglesas e argentinas, em papel e em bits.

## Alexandre Heredia

é paulistano desde que nasceu, há 35 anos. Foi co-criador e participante dos três volumes da Coleção Necrópole. Participou também da antologia *Visões de São Paulo - Ensaios Urbanos*. Mais recentemente lançou os romances *O Legado de Bathory* (2007) e *Predadores* (2008). BLOG *Gardenal Com Fanta Uva* gardenalcomfantauva.blogspot.com

## Eric Novello

é tradutor, escritor e roteirista. Publicou os romances *Dante, o Guardião da Morte* e *Histórias da Noite Carioca*. Participou das coletâneas *Necrópole: Histórias de Bruxaria* e *Paradigmas 1*, com contos de fantasia urbana. Escreve críticas de cinema, música e literatura para o jornal de arte *Aguarrás*. Faz parte do podcast *Papo na Estante*, mantém o site de literatura fantástica nacional *Fantastik*. SITE www.ericnovello.com.br

## Sacha Ramos

jornalista na Televisão de Portugal, RTP, em Assuntos Internacionais, é artista nas horas vagas, quando escreve e pinta e sonha com outros mundos. Mora em Cascais, perto de Lisboa e aqui imaginou um futuro de jardins preversos, onde tem lugar *Rosa Negra*. Publicou o conto *Shelob* na Antologia *Como era Gostosa a Minha Alienígena* (2002) e é membro fundador da *Simetria*, Associação portuguesa de FC&F

## Luís Filipe Silva

é autor de *O Futuro à Janela* (prêmio Caminho de Ficção Científica em 1991), dos romances *Cidade da Carne* e *Vinganças*, e, com João Barreiros, de *Terrarium*. Tem contos publicados no Brasil, Espanha e Sérvia, na antologia luso-americana *Breaking Windows*, e na antologia representativa da FC europeia em 2007, *Creatures of Glass and Light*. O seu trabalho mais recente é *Aquele Que Repousa na Eternidade*, uma novela lovecraftiana. SITE TecnoFantasia.com.

## Tibor Moricz

filho de húngaros, é um paulistano nascido em 1959. Publicitário e escritor, publicou dois livros: *Síndrome de Cérbero* (2007) e *Fome* (2008). Premiado em concursos literários, tem ainda contos publicados em revistas virtuais e em papel.

## André Carneiro

escritor, poeta, pintor, fotógrafo e cineasta. Recentemente foi considerado uns dos pioneiros da Fotografia Artística Modernista no Brasil. Foi traduzido em 12 países, sendo até hoje o escritor brasileiro de FC e Fantástico de maior prestígio no exterior. Críticos americanos, espanhóis, argentinos como Augusto Uribe, A. E. Van Vogt, Harry Harrison, Arthur Clarke, o comparam a Kafka e Camus. Foi publicado nos EUA ao lado de ganhadores do Nobel e no Brasil ao lado de Machado de Assis e Aluísio Azevedo.